Nikolaj Leskow

Weihnachtserzählungen

Übersetzt von
Johannes von Guenther
und Otto von Taube

Herausgegeben von
Eberhard Reißner

Philipp Reclam jun. Stuttgart

Umschlagabbildung:
Illustration von Birgit Lukowski

Universal-Bibliothek Nr. 8923

Gesamtherstellung: Reclam, Ditzingen. Printed in Germany 1993

ISBN 3-15-008923-9

Inhalt

Der Gast beim Bauern

Diese wahre Geschichte, die davon handelt, wie Christus an einem Weihnachtsfeste selbst zu Gast zu einem Bauern kam, und davon, was er ihn da lehrte, vernahm ich von einem alten Sibirjaken, der die Begebenheit in nächster Nähe miterlebt hatte. Was er mir erzählte, werde ich mit seinen eigenen Worten wiedergeben:

Unsere Gegend ist eine Verbanntensiedlung, doch eine gute, Handel treibende Gegend. Mein Vater kam hin zu der Zeit, als in Rußland noch die Leibeigenschaft herrschte, ich aber bin bereits dort geboren. Wir hatten Vermögen, ausreichend für unsere Verhältnisse, sind auch jetzt nicht arm. Wir halten uns an den üblichen schlichten russischen Glauben. Mein Vater war belesen und brachte auch mir die Lust zum Lesen bei. Wer das Wissen liebte, galt mir für den vornehmsten Freund, ich war bereit, für ihn durch das Feuer oder das Wasser zu gehen. Und nun bescherte der Herr, mir zur Freude, mir einst den Freund Timofej Ossipowitsch, von dem ich Ihnen gerade erzählen will, wie ihm ein Wunder widerfuhr.

Timofej Ossipow geriet zu uns noch als ein junger Mann. Ich war damals achtzehn Jahre alt, er aber vielleicht so einige zwanzig. Timoschas Lebensführung war die allerbeste. Warum er vom Gericht zur Verbannung verurteilt worden war, danach fragt man aus Rücksicht unter unseren Verhältnissen nicht, doch hieß es, ein Oheim habe ihn geschädigt. Jener sei des Waisenknaben Vormund gewesen und habe fast dessen gesamtes Gut entweder durchgebracht oder sich angeeignet. Timofej Ossipow aber habe damals, entsprechend seinen jungen Jahren, der Geduld ermangelt; es sei zwischen ihm und dem Oheim zum Streit gekommen, er habe auf den Oheim mit der Waffe eingestochen. Dank Gottes Barmherzigkeit sei nun diese sündhafte Wahnwitztat nicht zur Vollendung gekommen – Timofej habe nur die Hand des Oheims durchstochen. Seiner Jugend wegen sei ihm keine schwere Strafe zuerkannt worden: er ward als einer vom Stande der Kaufleute erster Gilde zum Siedeln zu uns verbannt.

Obwohl Timoschas Vermögen ihm zu neun Zehnteln geraubt worden war, auch mit dem letzten Zehntel ließ sich's leben. Er baute sich bei uns ein Haus und begann in ihm zu wohnen. Das Unrecht jedoch, das er erlitten hatte, kochte in seiner Seele, und lange hielt er sich von jedermann fern. Er saß andauernd zu Hause, und nur sein Knecht und dessen Weib bekamen ihn zu sehen; zu Hause aber las er immerzu Bücher, und zwar die allerfrömmsten. Schließlich wurden wir miteinander bekannt, gerade durch die Bücher, und ich begann ihn zu besuchen, er aber nahm mich gern an. Wir fanden Wohlgefallen aneinander.

Zu Anfang ließen meine Eltern mich ungern gehen. Sie wurden aus ihm nicht recht klug: »Man weiß nicht, wer er ist und warum er sich vor allem verbirgt. Möchte er dir nur nichts Schlechtes beibringen.« Ich aber, der ich dem Elternwillen gehorchte, ich sagte ihnen, Vater und Mutter, wahrheitsgemäß, daß ich von Timofej nichts Schlechtes zu vernehmen bekäme und daß wir uns damit beschäftigten, zusammen Büchlein zu lesen und vom Glauben zu sprechen, welcherweis man gemäß Gottes heiligem Willen zu leben habe, um das Bild des Schöpfers in sich nicht zu erniedrigen und zu schänden. So erlaubte man mir, bei Timofej zu sitzen, soviel ich wollte, und mein Vater ging selbst zu ihm; danach kam Timofej Ossipow auch zu uns. Meine Alten sahen, daß er ein guter Mensch war und gewannen ihn lieb, und es begann ihnen leid zu tun, daß er häufig düster war. Gedachte er nämlich des Unrechtes, das man ihm angetan hatte, besonders auch, wenn man vor ihm nur mit einem Wörtchen seines Oheims erwähnte, so wird er ganz bleich, ist hernach ganz durcheinander, und läßt, ganz mutlos, die Hände sinken. Dann will er auch nicht mehr lesen, und anstatt seiner üblichen Freundlichkeit leuchtet Zorn in seinen Augen. Er war von musterhafter Ehrlichkeit und ein kluger Kopf; infolge seines Grames jedoch enthielt er sich jedes Unternehmens. Doch seiner Schwermut half der Herr bald ab: ihm gefiel meine Schwester, er heiratete sie, hörte auf, sich zu grämen, begann vielmehr zu leben und zu gedeihen und zu verdienen und erwies sich nach zehn Jahren vor aller Welt Augen als ein höchst kapitalkräftiger Mann. Er errichtete sich ein Haus mit schönen Stuben; es war mit allem erfüllt, alles hatte er zur Genüge, er genoß die Achtung aller, und sein Weib war wacker, die Kinder gesund. Was bedurfte es da noch mehr? Man möchte meinen, alles vergangene Leid ließe sich vergessen, er aber gedachte dennoch des Unrechts, das ihm widerfahren, und einmal, als wir zusammen in einem Wägelchen fuhren und in aller Freundschaft plauderten, fragte ich ihn: »Wie nun, Bruder Timoscha, bist du jetzt mit allem zufrieden?«

»Wie meinst du das?« fragte er.

»Hast du jetzt alles wieder, was du in deiner Heimat verloren hast?«

Er aber wurde auf der Stelle ganz bleich und antwortete kein Wort, sondern lenkte nur schweigsam das Pferd.

Da bat ich um Entschuldigung. »Du Bruder«, sag ich, »vergib, daß ich so fragte. Ich dachte, jenes Böse sei schon lange ... vorbei und vergessen.«

»Es kommt nicht darauf an«, antwortete er, »daß es lange vorbei ist ... Es ist vorbei, dennoch denkt man daran.«

Er tat mir leid, nicht jedoch in der Hinsicht, daß er ehemals mehr besessen hatte, doch darin, daß er sich in einer solchen Verfinsterung befand, daß er die Heilige Schrift zwar kennt und gut vom Glauben zu reden versteht, doch das Unrecht so ständig im Gedächtnis bewahrt. Das heiße doch, das Wort Gottes sei ihm nichts nütze?

Ich wurde nachdenklich, zumal ich in allem ihn für klüger als mich selber hielt und von ihm durch gute Gespräche Förderung erhoffte – er indessen gedenke des ihm angetanen Bösen.

Er bemerkte das und spricht: »Woran denkst du eben?«

»Nur so«, spreche ich, »daran, was mir grad einfällt.«

»Nein, du denkst nach über mich.«

»Ich denke nach auch über dich.«

»Was denkst du da von mir?«

»Du, bitte, sei nicht böse. Folgendes dachte ich von dir: Du kennst die Schrift, doch dein Herz ist voller Zornes und unterwirft sich nicht Gott. Hast du denn unter solchen Umständen irgendeinen Nutzen von der Schrift?«

Timofej wurde nicht böse, nur ward er im Antlitz betrübt und finster, und er spricht: »Du bist nicht kundig genug in der Heiligen Schrift, dich auf sie zu berufen.«

»Da hast du«, sag ich, »recht. Ich bin nicht kundig.«

»Kundig bist du auch nicht«, spricht er, »hinsichtlich dessen, was es in der Welt für Unrecht gibt.«

Ich stimmte ihm auch hierin zu, er aber hub an zu sagen, es gebe derartiges Unrecht, daß man es nicht ertragen könne – und erzählte mir, er sei nicht des Geldes wegen gegen seinen Oheim so zornig geworden, sondern aus einem anderen Grunde, der nicht zu vergessen sei: »In alle Ewigkeit wollte ich darüber schweigen, jetzt aber will ich mich vor dir, als vor meinem Freunde, aussprechen.«

Ich sage: »Sollte dir's frommen, sprich dich aus.«

So eröffnete er mir, daß sein Oheim schon seinen Vater tödlich gekränkt hatte, seine Mutter durch Kummer, den er ihr bereitet, ins Grab gebracht, ihn selbst verleumdet und, alt, wie er gewesen, mit Schmeicheleien und Drohung gewisse Leute bestimmt, ihm, dem Greisen, zur Frau das junge Mädchen zu geben, das der Timoscha von Kind auf geliebt und seit jeher zu heiraten sich vorgenommen hatte. »Kann man denn«, spricht er, »alles das vergessen? Ich vergeb es ihm zeitlebens nicht.«

»Gewiß«, erwiderte ich, »das Unrecht, das man dir angetan hat, ist groß – das stimmt. Daß aber die Heilige Schrift dir zu nichts nütze ist, ist ebenfalls keine Lüge.«

Er aber führt mir wieder zu Gemüte, daß meine Schriftkunde schwächer als die seine sei, und beginnt mir auseinanderzusetzen, wie doch nach dem Alten Testamente die heiligen Männer selber der Gesetzesbrecher nicht geschont, ja, sie mit eigenen Händen abgeschlachtet hätten. Wollte doch der Arme derart seine Gesinnung vor mir rechtfertigen.

Ich antwortete ihm bei meiner Einfalt einfältig.

»Timoscha«, spreche ich, »du bist ein kluger Kopf, bist belesen und weißt alles, und ich kann in Sachen der Schrift dir nicht widersprechen. Was ich gelesen habe, gestehe ich dir, verstehe ich nicht durchweg, weil ich ein sündiger Mensch und beschränkten Verstandes bin. Doch möchte ich dir sagen, daß im Alten Testamente alles so altertümlich ist und dem Verstande irgendwie zweideutig schillert; im Neuen aber steht es deutlicher. Dort leuchtet über allem das ›*liebe und vergib*‹, und das ist köstlicher denn alles, ist wie ein goldener Schlüssel, der jedes Schloß aufschließt. Was aber ist zu vergeben? Etwa irgendeine geringe Verfehlung und nicht gerade die ärgste Schuld?«

Er schweigt.

Da dachte ich: »Herr, gefiele dir's doch, durch mich ein Wort der Seele meines Bruders zu sagen!« Und ich hielt ihm vor, wie sie Christum schlugen, mißhandelten, bespien und mit ihm so verfuhren, daß er nirgends eine Stätte hatte; er aber vergab allen.

»Folge«, sagte ich, »lieber diesem Beispiel und nicht dem Rachebrauche.«

Er aber hub an mit weitläufigen Auslegungen des Inhalts, es habe jemand geschrieben, gewisse Dinge vergeben wäre dasselbe wie das Übel mehren.

Dem konnte ich nicht widersprechen, so sagte ich nur, ich besorgte, daß »viele Bücher einen um den Verstand brächten«. – »Du«, sagte ich, »rüste dich wider dich selber. Solange du des Bösen, das dir widerfahren, gedenkst, ist das Böse lebendig. Laß es nur sterben, dann wird auch deine Seele in Frieden zu leben beginnen.«

Timofej hörte mich an bis zu Ende und drückte mir fest die Hand, redete von nun ab nicht mehr weitläufig, sondern sagte nur kurz: »Ich kann nicht. Laß ab, du machst das Herz mir schwer.«

Ich ließ ab. Ich wußte, er hatte Leid, und schwieg. Doch die Zeit ging hin, und es verstrichen noch sechs

Jahre, und all die Zeit beobachtete ich ihn und sah, daß er immer noch litt und daß er, wenn man ihn völlig frei ließe und er irgendwo den Oheim beträfe, die ganze Heilige Schrift vergessen und dem Rachesatan verfallen werde. In meinem Herzen aber war ich getrost, weil ich da den Finger Gottes wahrnahm; schon begann dieser sich ein wenig zu zeigen; so würden wir gewiß auch die ganze Hand zu sehen bekommen. Der Herr werde meinen Freund aus der Sünde des Zornes erretten.

Das aber verwirklichte sich auf höchst wunderbare Weise.

Damals lebte Timofej schon das sechzehnte Jahr bei uns als ein Verbannter, und schon waren fünfzehn Jahre vergangen, seit er sich beweibt hatte. Er mochte wohl siebenunddreißig bis achtunddreißig Jahre zählen, hatte drei Kinder und ein schönes Leben. Besonders lieb hatte er Blumen – Rosen, und hatte deren viele bei sich, an den Fenstern wie auch am Bretterzaun. Der ganze Platz vor dem Hause war mit Rosen bepflanzt, und dank ihrem Dufte war das ganze Haus voller Wohlgeruches.

Und nun hatte Timofej die folgende Gewohnheit: Regelmäßig, sobald die Sonne tief stand, trat er aus dem Hause, putzte selbst seine Rosenstöcke aus und las alsdann auf der Bank ein Buch. Außerdem, soviel ich weiß, betete er dort auch häufig.

Derart begab er sich auch einmal nach dem Platze und hatte das Evangelium mitgenommen. Er sah nach den Rosenstöcken, dann setzte er sich, schlug das Buch auf und begann zu lesen. Da liest er nun, wie Christus zu Gaste zum Pharisäer kam, da gaben sie ihm nicht einmal Wasser, die Füße zu waschen. Da fühlte Timofej ganz unerträglich die dem Herrn angetane Kränkung mit, und dieser tat ihm leid, so leid, daß er zu weinen anhub darüber, wie jener reiche Hausherr mit seinem heiligen Gaste umgegangen. Und siehe: in diesem nämlichen Augenblicke ereignete sich der Beginn des Wunders, worüber mir Timofej folgendes mitteilte: »Ich blicke«, spricht er, »um mich und denke: Was habe ich doch für ein Auskommen und einen Überfluß, aber mein Herr ging einher in solcher Armut und Niedrigkeit! Und meine Augen füllten sich ganz mit Tränen, und ich konnte trotz allen Blinzelns ihrer nicht Herr werden; alles um mich aber wurde rosenfarben, selbst meine Tränen. In diesem Zustand, gleichsam unbewußt oder in einer Ohnmacht, rief ich aus: Herr, kämest du zu mir, ich gäbe mich selbst dir hin.«

Ihm aber wehte da plötzlich irgendwoher durch das Rosenlicht im Windhauch die Antwort zu: »Ich werde kommen.«

Timofej kam zitternd zu mir gerannt und fragt: »Wie dünkt dich? Kann der Herr wirklich zu mir zu Gaste kommen?«

Ich antworte: »Das, Bruder, geht mir über den Verstand. Ließe sich darüber nicht etwas in der Heiligen Schrift finden?«

Timofej aber spricht: »Es ist immer derselbe Christus, heute und in Ewigkeit. Ich wag nicht, es nicht zu glauben.«

»Dann«, sage ich, »glaub es.«

»Ich werde befehlen, daß man tags ein Gedeck auf dem Tische für ihn bereithalte.«

Ich zuckte die Achseln und antwortete: »Frag mich nicht weiter. Sieh du nur selber zu, was ihm am wohlgefälligsten wäre. Übrigens meine ich nicht, daß ein Gedeck auf deinem Tische ihn kränkte; immerhin, wäre das nicht Hochmut?«

»Es steht geschrieben«, sagte er: »Dieser nimmt die Sünder an und isset mit den Zöllnern.«

»Es steht aber auch das geschrieben«, antwortete ich: »Herr, ich bin nicht wert, daß du unter mein Dach gehest. – Auch das scheint mir am Platze.«

Timofej erwiderte: »Das verstehst du nicht.«

»Gut – wie du willst.«

Timofej ließ sein Weib seit dem folgenden Tage einen überzähligen Platz bei Tische bereithalten. Setzten sie sich zu Tische, zu fünfen – er, seine Frau und drei Kinder – immer ist da noch ein sechster Platz bereit, der Ehrenplatz am Tischende, und davor ein großer Lehnsessel.

Die Frau war neugierig: Was heiße das, wozu und für wen sei das bestimmt? Timofej jedoch weihte sie nicht in alles ein. Seinem Weibe und anderen sagte er nur, so müsse es seines innerlichen Gelübdes wegen gehalten werden, »für den vornehmsten Gast, der da käme«. Wer damit wirklich gemeint war, das wußte – außer ihm und mir – kein Mensch.

Timofej erwartete den Erlöser am Tage, nachdem er das Wort im Rosengarten vernommen hatte, er erwartete ihn auch noch am dritten Tage, danach am nächstfolgenden Sonntag – doch dieses Warten fand keine Erfüllung. Lange noch hielt er mit seinem Warten an: An jedem Feiertage erwartete Timofej immer wieder Christus zu Gaste, und er erschöpfte sich vor lauter Unruhe, ließ aber nicht nach im Vertrauen, daß der Herr sein Versprechen halten – daß er kommen werde. Das gestand Timofej mir mit den folgenden Worten: »Tagtäglich«, spricht er, »bete ich: ja, komm Herr; und warte. Doch höre ich nicht die ersehnte Antwort: ja, ich komme bald.«

Ich im Geiste war ungewiß, was ich Timofej darauf antworten sollte, und oft dachte ich, mein Freund wäre hochmütig geworden und dafür verwirre ihn jetzt eine trügerische Versuchung. Gottes Vorsehung aber fügte es anders.

Das Christfest kam. Es war harte Winterszeit. Timofej kommt zu mir am Heiligen Abend und spricht: »Lieber Bruder. Morgen erwarte ich den Herrn.«

Ich pflegte schon lange nicht mehr auf dergleichen Reden zu antworten und fragte damals nur: »Was gibt dir dazu die Gewißheit?«

»Diesmal«, antwortete er, »sobald ich nur das ›Komm Herr‹ gebetet hatte, geriet meine ganze Seele in Bewegung, und es klang in ihr auf wie mit Posaunenschall: ›Ja, ich komme bald.‹ Morgen ist sein heiliges Fest – sollte er nicht an diesem Tage mich besuchen wollen? Komm du zu mir mit der ganzen Verwandtschaft, sonst bebt mir die Seele nur immer vor lauter Furcht.«

Ich spreche: »Timoscha, du weißt, daß ich über dieses alles kein Urteil habe, auch nicht erwarte, den Herrn zu schaun, weil ich ein sündiger Mann bin – doch du bist von unserer Sippe, wir werden zu dir kommen ... Du aber, wenn du bestimmt einen so großen Gast erwartest, ruf du da nicht *deine* Freunde zusammen, sondern suche nach einer *ihm* wohlgefälligen Gesellschaft.«

»Ich verstehe«, antwortete er, »ich werde sofort meine Knechte und meinen Sohn durch das ganze Dorf schicken und alle Verbannten einladen, die da in Not und Bedürftigkeit wären. Sollte Gott mir die wunderbare Gnade erweisen, daß er käme, soll er alles, wie er es geboten hat, vorfinden.«

Mir schien auch dieses sein Wort nicht recht. »Timofej«, sagte ich, »wer vermöchte alles, so wie es geboten, auszurichten! Das eine verstehst du nicht, das andere wirst du vergessen, das dritte wiederum vermagst du nicht zu erfüllen. Doch wenn dieses alles so stark in deiner Seele posaunt, so sei dem so, wie es dir offenbart wird. Wird der Herr kommen, so wird er alles, was noch gebräche, ergänzen, und solltest du jemand, den er haben will, vergessen, wird er den Erforderlichen selbst herbeiführen.«

Wir kamen am Weihnachtstage zu Timofej mit der ganzen Familie, ein wenig später, als man sonst zu einem Mittagsmahle auf Einladung kommt. Denn so hatte er eingeladen, damit man erst, wenn alle Erwarteten zur Stelle wären, mit dem Mahle beginne. Wir fanden seine geräumigen Stuben voller Leute unserer, der sibirischen Verbanntenart: Männer und Weiber und das heranwachsende Kindergeschlecht, Leute von jedem Beruf und aus verschiedenen Gegenden, so Russen wie Polen und Bekenner des estnischen Glaubens. Timofej hatte alle die armen Siedler, die seit Ankunft in ihren Wirtschaften noch nicht auf die Beine gekommen waren, versammelt. Die Tische waren groß, mit Leinen gedeckt und bestellt mit allem Erforderlichen. Die Mägde liefen hin und her und stellten Kwas und Schüsseln mit Fleischpasteten darauf. Draußen aber begann es schon zu dämmern, auch war niemand mehr zu erwarten; alle Boten waren wiedergekehrt, von nirgendher mehr waren noch Gäste zu erwarten, weil draußen ein Schneegestöber begonnen hatte, ein Stürmen und Wehen, als wäre der Jüngste Tag hereingebrochen.

Ein Gast nur fehlt und fehlt – der werter ist denn alle.

Schon hätte man die Kerzen anzünden und sich zu Tische setzen müssen, denn es war schon ganz dunkel geworden, und wir alle harren im Finstern beim schwachen Lichte der Lämpchen vor den Heiligenbildern.

Timofej ging bald umher, bald saß er, er befand sich augenscheinlich in quälender Unruhe. Seine ganze Zuversicht war ins Wanken geraten. Liegt es doch schon zutage, daß der »große Gast« nicht kommen werde.

Es verging noch eine Minute, und Timofej seufzte auf, sah mich traurig an und spricht: »Nun, lieber Bruder. Ich sehe, entweder ist es Gottes Wille, mich zum Gespötte zu machen, oder du hast recht: Ich hab's nicht verstanden, alle die Erforderlichen zu versammeln, denen Er begegnen möchte. Alles geschehe nach Gottes Willen; laßt uns beten und uns zu Tische setzen.«

Ich antworte: »Also bete.«

Er trat vor das Heiligenbild und begann laut zu beten: »Vater unser, der du bist im Himmel« und danach: »Christ wird geboren, lobsinget! Christ kommt vom Himmel, verkündet es, Christ ist auf Erden . . .«

Kaum aber hatte er dieses Wort ausgesprochen, als plötzlich irgend etwas so fürchterlich von außen an die Wand schlug, daß alles zu schwanken anhub; dann aber fuhr ein lautes Getöse durch den breiten Flur, und unversehens sprang die Stubentür von selbst sperrangelweit auf.

Alle Leute, so viele dort waren, warfen sich in unbeschreiblichem Schrecken in eine der Zimmerecken, viele stürzten zu Boden, und nur die Wagemutigsten blickten auf die Tür. In der Tür auf der Schwelle aber stand ein alturalter Mann, bekleidet mit nichts als schlechten Lumpen, zittert und hält sich, um nicht umzufallen, mit beiden Händen an den Wandbrettern fest; hinter ihm her jedoch, aus dem Flur, der unbeleuchtet war, fällt ein unsäglicher rosenfarbener Schein, und über die Schulter des Alten streckt sich in die Stube vor eine schneeweiße Hand; und sie hält eine länglich gestreckte tönerne Lampe mit einem Flämmchen, wie man sie auf Darstellungen des Nikodemusgespräches gemalt sieht. Der Wind mit dem Schneegestöber tobt da draußen, aber die Flamme bringt er nicht zum Flackern. Und diese Flamme scheint dem Alten ins Antlitz und auf die Hand, auf der Hand aber fällt einem in die Augen eine vernarbte alte Schramme, die von der Kälte ganz weiß geworden ist.

Kaum erblickt ihn Timofej, so schrie er auf: »Herr, ich sehe ihn und nehme ihn auf in Deinem Namen. Du selbst aber gehe nicht bei mir ein, ich bin ein böser und sündiger Mensch.« Und damit verneigte er sich, mit dem Antlitz bis zum Boden. Mit ihm zugleich aber fiel auch ich nieder aus Freude darüber, daß ihn die echte christliche Demut angerührt hatte, und rief aus, daß alle es hörten: »Seien wir des inne: Christus ist mitten unter uns!«

Alle aber antworteten: »Amen!« – das bedeutet: »Es ist gewißlich wahr.«

Nun brachte man Licht – Timofej und ich, wir richteten uns auf vom Boden, die weiße Hand war schon nicht mehr zu sehen – nur der Alte war geblieben.

Timofej stand auf, nahm ihn an beiden Händen und setzte ihn auf den vornehmsten Platz. Wer aber dieser Alte war – vielleicht erraten Sie es selber –, so war das Timofejs Feind, der Oheim, der ihn so völlig zugrunde gerichtet hatte. Mit knappen Worten berichtet jener, daß bei ihm alles in Trümmer gegangen sei: Familie und Reichtum seien verloren, er wandere schon lange, um den Neffen aufzufinden und ihn um Verzeihung zu bitten. Er habe danach gedürstet und sich doch vor Timofejs Zorn gefürchtet, in diesem Schneegestöber jedoch den Weg verloren und, dem Erfrieren nahe, nur sterben zu müssen gewähnt.

»Plötzlich jedoch«, erzählte er, »leuchtete mir irgendein Unbekannter und sagte: ›Geh hin und wärme dich an meinem Platze und iß aus meiner Schale‹, griff mich an beiden Händen, und so war ich denn hier, weiß selber nicht woher.«

Timofej jedoch antwortete vor allen: »Ich, Oheim, kenne deinen Geleiter. Das ist der Herr, der da gesagt hat: ›Hungert dein Feind, so speise ihn mit Brot; dürstet ihn, so tränke ihn mit Wasser.‹ Setze dich bei mir auf den vornehmsten Platz und iß und trink Ihm zur Ehre und bleibe in meinem Hause nach Herzenslust bis zu deinem Lebensende.«

Seitdem nun blieb auch der Alte bei Timofej, und sterbend segnete er ihn. Timofej aber fand für immer Ruhe in seinem Herzen.

So ward dieser Bauer gelehrt, in seinem Herzen eine Krippe für den auf Erden geborenen Christus herzurichten. Und ein jedes Herz vermag gleichfalls, zu solch einer Krippe zu werden, falls er das Gebot erfüllt: ›Liebet eure Feinde, tut wohl denen, so euch beleidigen.‹ Christus wird in dieses Herz eingehen wie in eine geschmückte Kammer und wird dort Wohnung nehmen.

»Ja, komm Herr! Ja, komm bald!«

Die Tagediebe

In einem Nachtquartier, das an der alten Poststraße lag, hatte sich eine solche Menge von Leuten angesammelt, daß schließlich jeder Platz in dem geräumigen Hause besetzt war. Es waren Reisende zu Pferde und Reisende zu Fuß, Schneider und Schnitter, verwegene Hausierer und schließlich auch Handlanger, die die Straße auszubessern hatten. Draußen herrschte Frost, so daß alle, die vom Hofraum hereinkamen, zunächst einmal zum Ofen krochen und erst darauf einen Platz suchten, der ihre Unterkunft bilden sollte, wobei ein jeder froh war, wenn er nur ein Fleckchen erwischte. Das allgemeine Gespräch hielt sich anfangs im Rahmen solcher Dinge wie Mißernten und Abgaben, aber nach und nach kam man auf ›göttliche Geschicke‹ zu sprechen. Man sprach davon, wie Gott es dem Joseph sieben Jahre vorher eröffnet, daß über Ägypten eine »Mißernte fallen« würde, und warum er jetzt nichts dergleichen mehr täte; denn jetzt lebten die Menschen unbesorgt dahin und ahnten kein Unheil über sich, und dabei war es doch schon da und stand jählings auf! Und nun begann ein jeder seine Weisheit auszukramen, doch schließlich gelang es einem Mann, vom Ofen herab die Aufmerksamkeit aller mit einem Male zu fesseln; er sagte folgendes: »Da meint ihr wohl, wenn uns kundgetan würde, daß ein Unheil im Anzug sei – könnten wir das Unheil abwenden?

»Nun, versteht sich.«

»Ganz verkehrt! Es gibt vielleicht nicht wenig Dinge, die klar vor aller Augen liegen und abgewendet werden müßten und die man dennoch nicht abwendet.«

»Was denn, zum Beispiel?«

»Na, das zum Beispiel: Was ist wohl klarer, als daß es eine große Überzahl von armen und unglücklichen Menschen gibt und daß, solange dieser so viele sind, keiner je wird ruhig leben können; aber hierüber freilich denkt niemand nach.«

»Das ist es ja! Wenn uns das kundgetan worden wäre, sicher, wir hätten uns gebessert.«

Allein jener auf dem Ofen entgegnete: »Wir hätten uns ganz und gar nicht gebessert: es handelt sich gar nicht darum, daß so etwas prophezeit wird, sondern um den gesunden Verstand. Dem gesunden Verstand will man nicht folgen; und wenn selbst solch eine Vorhersage käme, so würde niemand sie beherzigen.«

Man fragte ihn, ob er nicht ein Beispiel für eine solche Weissagung anzugeben wüßte, und sofort begann er zu erzählen.

»Ich bin nämlich schon ein alter Mann, ich stehe bereits im siebenten Jahrzehnt. Der erste große Hunger, an den ich mich erinnern kann, war sechs Jahre bevor die Unsern gegen den Ungar zogen, und zwar kam es damals in unserem Dorf zu einer Wunderlichkeit.«

An dieser Stelle wurde er durch die überflüssige Frage unterbrochen, von wo er herstamme?

Schnell, aber unlustig warf der Erzähler ein: »Aus dem Dorf Tagdiebern. Kennst es, was?«

»Nicht einmal gehört.«

»Nun, dann hör zu, was bei uns in Tagdiebern geschehen ist; und gib fein acht, damit bei euch in eurem Dorf nicht gar etwas Ähnliches passiert. Und jetzt schweigt, bis ich zu Ende bin: mein Sprüchel ist nicht lang.

Das Erstaunliche bei uns war, daß ringsum in der ganzen Nachbarschaft überhaupt kein Korn wachsen wollte, während unsere Felder dagegen wie ein hohes Inselchen zum Himmel ragten – Gott hatte uns eine mittlere Ernte beschert. Die anderen Leute jammerten, wir aber dankten Gott und sagten: ›Ruhm Dir, o Herr!‹ Und wollten keineswegs darüber nachdenken, daß uns vielleicht die Nachbarn bedrängen könnten. Die Nachbarn beneideten uns freilich; sie sagten von uns: ›Ihr seid Gottes Lieblinge: uns straft Gott, ihr jedoch seid in Seiner Gnade.‹ – ›Zu welchen Märtyrern habt ihr gebetet und welchen Wundertätern Gelübde geleistet?‹ Bei uns nun blies sich ein jeder auf, daß wir in der Tat in Gottes Gunst hoch stünden: wir mähten und ernteten, wir fuhren das Korn ein und schütteten es in die Darre und droschen es schließlich auf der Tenne ... Das prasselte euch den lieben langen Tag! Und zugleich fing auch schon der Mutwillen bei uns an: Schlachtvieh wurde abgestochen, das erste Korn dem Popen dargebracht, Dünnbier wurde gebraut, und die Bauern wollten nur noch Schnaps trinken, und die Weiber dachten vom frühen Morgen an: ›Vielleicht könnte man ein Milchbrötchen backen, vielleicht einen Fladen!‹ Und so aßen wir denn und tranken wir denn zu unserem eigenen Schaden mehr als nötig war. In den anderen Dörfern ringsherum, da mußten sie sich mit Spreu und Ölkuchen plagen, wir aber konnten zu unserer Lust sagen: ›Wir sind ja nicht schuld daran, daß bei den andern Hunger herrscht. Wir haben auf ihren Feldern keinen Frevel getrieben, ja, wir haben sogar mit den andern im Frühling auf den Feldern den Gottesdienst abgehalten, und nun hat Gott unsere Gebete erhört und uns eine gute Ernte gesandt, jene jedoch hat er nicht begnadigt. Alles liegt in seiner Hand: der Herr ist gerecht; wir aber wollen unsere Nachbarn nicht verlassen und keineswegs ihnen gegenüber die Stolzen spielen; im Gegenteil, wir wollen ihnen mit Überresten beistehen.‹ Und freilich kamen ja auch unsere Nachbarn tagtäglich und unaufhörlich zu uns und kamen und kamen, und je länger es währte, desto mehr, und sie fielen uns wahrhaftig sehr zur Last. Es kam so, daß man schon kaum mehr in der eigenen Hütte ruhig sitzen konnte, von der Straße ganz zu schweigen, denn den lieben langen Tag hörte man ja nichts anderes als die Hungrigen ihr Jammersprüchlein plärren: ›Go-ttes Lieb-ling-e! Erbarmt euch und gebt ein heiliges Almosen. Um Christi willen!‹ Na schön, einmal geben und zweimal geben, das ging noch an, doch dann klopfte man schließlich ans Fenster und sagte nur noch: ›Gott wird euch erhören, ihr Lieben! Nichts für ungut!‹ Was tun? Zugegeben, daß wir ›Gottes Lieblinge waren‹, aber selbst wenn man ihnen fünf große Rundbrote in Schnitten gegeben hätte, es wäre dennoch unmöglich gewesen, alle zu sättigen! Wenn man indes so einen vom Fenster fortgeschickt hatte, dann folgte dem auf dem Fuß ein neues Unheil, denn dann schämte man sich vor sich selber, das Brot zu schneiden ... Ja ja, das ist klar, wie es gar nicht klarer sein kann, der Herr selber hat es in jedes Herz gesenkt, daß man niemand fortschicken darf, sondern es anders machen muß, und bevor man das so getan, wie es sich gehört, ist kein Gedanke daran, in Ruhe leben zu können.

Man sollte meinen, daß das zu begreifen gewesen wäre, und doch wurde es nicht begriffen; und es kam damals wohl auch ein Verkündiger – allein er wurde verlacht.«

Bei diesen Worten ging ein Raunen durchs ganze Haus: »Horcht nur, Brüder, horcht hin!«

Der auf dem Ofen fuhr fort: »Unsere hungrigen Nachbarn waren eine solche Last für uns geworden, daß wir gar nicht mehr aus noch ein wußten, denn wie wir ihrer Not abhelfen sollten – davon hatten wir keine Ahnung. Nun lebte in unserm Dorf ein Waldhüter, Fedos Iwanow, ein großer Bücherwurm, der ordentlich in alle Dinge einzudringen verstand. Dieser begann da zu sprechen: ›Es ist nicht gut, Brüder, daß wir so gefühllos dahinleben! Was man auch sagen möge, wir sind hartherzig: wir sind zwar bereit, den Notleidenden eine Kruste hinzuwerfen – als ob das eine Tugend wäre –, für uns selber aber müssen wir immer etwas Neues haben: bald einen Fladen und bald ein Milchbrötchen. Ach, auf diese Weise leben wir nicht nach Gottes Geheiß! Ach, wenn es nach Gottes Wort ginge, so müßten wir jetzt in größter Einschränkung leben, um möglichst wenig für uns selber zu brauchen und möglichst viel den Notleidenden geben zu können. Dann könnte es wohl geschehen, daß eine Leichtigkeit in der Seele aufleuchtet, so aber, um es gerade herauszusagen, hat man ja Not, Luft zu bekommen! Aus dem Unverstande kommt Finsternis, wenn man aber nachdenkt und sich selber bei klarem Licht betrachtet, dann steigen einem solche Gewissensbisse auf, daß man gar nicht mehr weiß, welche Qual eigentlich die schwerere ist, und man ist bereit zu beten: Töte mich o Herr, mit einem Schlage.‹

Ich sagte schon, daß Fedos belesen war und daß alles bei ihm auf menschliche Betrachtungen hinauslief, das heißt, was der Mensch zu tun habe ... in seiner Allgemeinheit ... Sozusagen, wie wenn einem nur ein Finger weh tut – und dennoch ist der ganze Körper unruhig. Aber dieses Wort unseres Fedos gefiel den Spielern und Spaßmachern in Tagdiebern nicht. Er pflegte auch unter anderem zu sagen: ›Ehrenwerte Greise und junges Volk, ihr sollt an meinen Worten kein Ärgernis nehmen, denn meine Worte, die habe ich mir nicht selbst ausgedacht, sondern habe sie von einem andern genommen; indes überlegt nur selber: mit Unrecht denken die, welche Feste feiern, während vor ihrer Schwelle andere Menschen Not leiden, daß ja sie damit keinem zur Last fallen – sie säen Neid und werden dadurch zu Gottes Widersacher. Denn jetzt, Brüder, ist es Zeit, mit den Leidenden zu leiden, und nicht Zeit zu feiern, Schnaps zu trinken und ein Küchlein dazu zu essen.‹

Wegen dieser Worte sahen die Greise scheel auf Fedos, die jüngeren aber schnatterten alsbald zur Antwort: ›Was predigst du, Onkel Fedos, in einem fort! Solltest du gar ein Pope sein, ein ungeschorener? Selbst unser Pope hat uns mit solchen Reden verschont. Wenn Gott uns schon solchen Segen beschert hat, daß wir was zu essen haben, warum sollen wir uns nicht darüber freuen? Denn auch das Essen und Trinken geschieht ja zur Ehre Gottes: wir essen's auf und trinken darauf, und stehen auf und bekreuzigen uns drauf: Dank sei Dir, o Herr! – Was willst nun du mit einem Male?‹

Fedos nahm diese Rede nicht krumm, und er wußte auch, was er zu antworten hatte: ›Ihr Unvernünftigen! Was ist das wohl für eine Ehre? Damit werdet ihr keine Ehre einlegen, daß ihr Fladen freßt, bis ihr platzt, wo doch die Leute rings Rinden würgen müssen! Und dabei könntet ihr Christus viel größere Ehre erweisen, auf daß alle sähen, daß ihr Ihm gehorsam seid. Denn es gibt ja ein Wort von Ihm, an uns Menschen gerichtet: – Mögen alle wissen, daß Ihr meine Jünger seid, so ihr nur Liebe untereinander habt!‹

Allein Fedos erreichte nicht nur nichts, sondern bekam von allen kurzerhand Grobheiten zu hören, am meisten aber muckte seine eigne Enkelin Mawrutka gegen ihn auf – sie allein war ihm von allen übriggeblieben, und mit ihr allein bewohnte er seine Hütte, und dennoch bot sie ihm stets in allem Trotz: sie war halt so ein Quirl und hörte nie auf Fedos und war sogar häufig frech gegen ihn.

›Du bist eben schon sehr alt‹, konnte sie sagen, ›und willst immer nur allen Angst machen, weil keine Spur von Fröhlichkeit in dir ist. Du bist allen mit deinem ewigen ›Gott‹ und ›Gott‹ bis zum Halse! Das alles haben wir schon oft in der Kirche gehört und uns dabei bekreuzigt und uns verneigt, und nun wollen wir eben etwas Lustiges!‹

Dann entgegnete er ihr: ›Das ist nicht gut, was du da sagst, Mawra! Gott muß man immer vor Augen haben, denn so wie Er an allen Orten weilt, spricht Er auch zu dir vernehmlich, was dir gut und was nicht recht wäre.‹

Das Mädel aber hatte nichts als Widerreden über Widerreden auf diese Worte, und so endete es noch ein jedes Mal damit: ›Du bist halt ein einfacher Bauer und kein Pope, und ich brauche dir nicht zu folgen.‹

Dann gab er zur Antwort: ›Richtig, ich bin ein einfacher Bauer und dräng mich auch gar nicht unter die Popen. Du jedoch brauchst nicht zu untersuchen, was ich für einer bin, sondern sollst dich nur an meine Worte halten. Die sind aufs Gute gerichtet und gehen auf Mitleid aus.‹

Allein seine Enkelin antwortete: ›Schon gut; aber wenn man jung ist, soll man nicht zuviel Mitleid haben; in der Jugend soll man sein Glück probieren.‹

Und dann konnte Fedos nur noch sagen: ›Da kann man

nicht helfen – du wirst es probieren, aber das wird dich nicht auf immer sättigen.‹

Ja, so war es, wo immer auch Großvater Fedos mit den andern zusammenkam, stets waren alle gegen ihn; allein er fuhr fort zu lehren, daß man in der Stille leben müsse, ohne Lärm und Geräusch, und konnte doch niemals mit den Leuten übereinkommen, mit Mawrutka jedoch gab es, als die Feiertage heranrückten, häuslichen Unfrieden; sie bedrängte ihn: ›Großväterchen, ich brauche Mehl zum Sieben, ich will einen Fladen backen!‹

Aber das wollte er nicht und entgegnete: ›Iß nur gebeuteltes Brot, du sollst dich nicht vor den anderen hervortun.‹

Da ärgerte sich Mawra: ›Gott selber‹, sagte sie, ›hat uns besser gestellt, und da willst du einen immerfort noch quälen!‹

Fedos erwiderte: ›Ach, Dummchen! Es weiß noch keiner, weshalb ihr eigentlich so ausgezeichnet worden seid; vielleicht gar nicht zu eurer Lust, sondern zu einer Lehre.‹

Bei einem solchen Gespräch war es, daß Mawra sich eines Tages so über Fedos erzürnte, daß sie ihn geradezu anschrie: ›Gott verhüte, daß ich mit dir lange zusammenleben muß; wenn du doch sterben wolltest!‹

Allein auch hierüber ward Fedos nicht zornig. ›Was ist schon dabei! . . . Eine Kleinigkeit! Wart nur, ihr werdet mich bald genug beerdigen; vielleicht werdet ihr dann an mich denken.‹

Die jungen Leute brachen in ein Gelächter aus: ›Freilich, was du alles haben willst! Ausgerechnet an dich alten Brummer werden wir denken!‹

Doch auch die Greise, jene, die er als ›ehrenwert‹

bezeichnet hatte, stellten sich nicht auf seine Seite, sondern pflegten ebenfalls zu sprechen: ›Was überhebt er sich? Er will wohl besser sein als alle andern in Tagdiebern! Als kennten wir ihn nicht zur Genüge; haben wir nicht mit ihm gemeinsam Schnaps getrunken, hat er nicht auch mit den Weibern den Reigen getanzt? – Nur nicht immer so groß tun!‹

Das hörten die jungen Leute und waren's froh, und manch ein Mutwilliger konnte sich ihm nähern und sprechen: ›Großvater Fedos!‹

›Was willst?‹

›Hör mal, was die alten Männer von dir reden!‹

›So! Na dann erzähl's mal, laß hören.‹

›Sie sagen ... du wärest ... Ich schäme mich, es wiederzuerzählen!‹

›Nun, was denn? ... Was denn? Es ist doch nicht an dir, dich zu schämen!‹

›Als du noch ein junger Mann gewesen ...‹

›Ja, da war ich ein rechter Unflat! ... Damals, Brüder, hatten wir keine Schulen! Schlachtfelder hatten wir, aber keine Schulen!‹

›Es wird erzählt, du hättest einer Soldatenfrau Näschereien gebracht!‹

›Und schlimmer als das, Brüder, Schlimmeres hab ich angestellt. Gott sei Dank, vieles davon ist schon vergessen ... Gott hat es mir, scheint's, verziehen, indes ... die Menschen wissen es noch immer. Nicht wie ich, Brüder, sollt ihr leben, sondern ihr sollt auf eine bessere Art leben, damit euch die Leute später nichts Schlimmes nachzusagen wissen.‹

Wir aber, von Mal zu Mal in immer größere Irrtümer fallend, wurden zum Schluß, Brüder, von einer solchen

Unzucht ergriffen, daß uns die Milchbrote und die Fladen zu wenig schienen und wir Vergnügungen und Spiele dazu haben wollten. So kamen wir denn überein, hinter dem Rücken der Älteren uns möglichst wunderlich herauszuputzen, als Teufel und Bären und die Mädel als Zigeunerinnen, und darauf zur Wirtschaft zu springen, die jenseits des Flusses lag, und dort unsere Späße zu treiben. Das brachte Fedos in Erfahrung und brummte darüber: ›Ach, ihr Sittenlosen!‹ sagte er, ›dann gedenkt ihr wohl mit euren Liedern an den Hungernden vorüberzuziehen und sie dadurch zu ärgern? Hör einmal, Mawra, dazu versage ich dir die Erlaubnis!‹

Da umringten wir alle Fedos, um für sie die Erlaubnis zu erbitten: ›So erlaub ihr's doch, Fedos Iwanowitsch, warum willst du sie ewig schmachten lassen!‹

Allein er entgegnete: ›Geht weg, ihr Hohlköpfe! Wie kann man das als ein Schmachtenlassen bezeichnen, wo ich doch nur nicht zulassen will, daß ein Mensch sich zum Narren macht!‹

›Ja ja, so bist du immer: du verlangst von allen eine Überweisheit!‹

›Keine Überweisheit‹, versetzte er, ›ich verlange nur, was der Herr selber geboten hat – auf den Nächsten Rücksicht zu nehmen: ist dein Nächster in Not, so sollst auch du nicht tanzen.‹

›Wird es denn etwa dadurch für den Nächsten schlimmer?‹

›Versteht sich – führe du ihn nicht in Versuchung, und laß auch nicht untergehen in dir selber die Weisheit des Verstandes.‹

›Daß du immer wieder mit solchen Gelehrsamkeiten kommen mußt! Das ist wirklich lästig geworden. Und dabei hast du doch sicherlich, als du jung warst, nicht so dahergeredet, sondern bist munter gewesen wie alle andern.‹

›Nun, und was macht das?‹ erwiderte Großvater Fedos. ›Ich habe schon oft genug eingestanden, daß ich in meinen jungen Jahren viele Dummheiten angestellt habe, aber geht daraus vielleicht hervor, daß ich euch jetzt raten muß, Schlimmes zu treiben, statt Gutes zu tun? Ach, über euch Unkluge! Mit dem Trunkenen muß man nämlich nicht dann sprechen, wenn er trunken ist, sondern wenn er sich ausgeschlafen hat. Als ich jung war, bin ich von manch einem Räuschlein trunken gewesen, jetzt aber, gelobt sei Gott, habe ich mich ausgeschlafen. Wenn ich jedoch andererseits nicht der sündige Mensch wäre, der ich bin, sondern ein Gerechter, dann würde ich ja wahrscheinlich auf eine ganz andere Manier mit euch sprechen: dann würde ich euch wahrscheinlich geradeheraus sagen: das verbietet euch Gott, Seine Strafe wird deswegen über euch kommen!‹

Wegen dieses Wortes stand alles gegen Fedos auf.

›Nein, nein!‹ schrien sie. ›Was krächzest du da wie ein Rabe! Das hast du dir glatt alles ausgedacht! Von Fröhlichkeit wird sogar in den Kirchen gesprochen. König David hat sowohl gespielt als auch getanzt, und ist etwa auf der Hochzeit wenig Wein getrunken worden? Du sollst uns nichts aufzwingen – das ist keineswegs für uns verboten. Und wenn es wirklich die Absicht des Herrn wäre, die Leute auf eine andere Bahn zu bringen, dann hätte er wohl nicht dich gesandt, sondern einen besonderen Boten und Verkündiger.‹

Fedos gab sich große Mühe, ihnen beizubringen, daß es nicht an uns sei zu beurteilen, welchen Boten Gott aussende, sondern daß das Wort des Herrn ein geistlich Ding sei und seinen Samen ausstreue, durch wen immer es zu den Menschen dringe, und daß man den, der im Sinne Gottes spreche, anhören müsse und nicht erst auf expresse Boten warten solle. Denn es könnte leicht so kommen, daß, wenn ein ›Expresser‹ aufträte, niemand ihn verstehen würde.

Obgleich alle mit dem Großvater stritten, scheute sich doch ein jeder, offen gegen dessen Worte zu handeln; wenn wir auch bei der Erinnerung daran, was die Alten von der Soldatenfrau erzählten, Fedos scheinbar weniger respektierten, konnten wir uns andererseits nicht verhehlen, daß er schon längst zu einem gerechten Mann geworden war, und dann mußten wir uns vor Fedos schämen. Daß er vor Zeiten ein Sünder gewesen, es ist wahr, er war ein Sünder, doch nun hatte sich schon längst alles gesetzt, und er selber war zum Guten übergegangen! Einerseits wollten wir durchaus unsern Willen durchsetzen, aber andererseits schämten wir uns. Und so verbargen wir denn unsere Absichten und trafen insgeheim die Verabredung, uns am Abend vor dem Weihnachtstage im Getreidespeicher zu versammeln und dort in der Ecke im Stroh versteckt aufeinander zu warten, um dann verkleidet in hellen Haufen zu dem Schenkwirt zu ziehen. Wußten wir doch, daß es beim Wirt ein Fest geben werde, wie es sich gehörte: er hatte einen Ochsen um die Ecke gehen lassen, drei Schweine abgestochen und außerdem zwei Faß Dünnbier gebraut. Dort wollten wir also hingehen, uns toll und voll saufen und fressen, die Mädel aber mochten auf dem Heimwege sehen, wo sie blieben.

Ja, solch vortreffliche Absichten waren im Umlauf!

So waren wir denn jetzt sehr geschäftig: wir mußten verschiedenartige Kleidungsstücke herbeischaffen und sie an geheimen Plätzen verbergen. Und lebten ständig in der Angst, daß unsere hungrigen Nachbarn uns dabei beobachten und unser verborgenes Gut stehlen könnten.

Bis zum Heiligabend hatten wir ihnen immer noch Bissen gespendet, am Tage vorher indes sprachen unsere Weiber und Mädel zu ihnen: ›Hört mal, ihr Bedürftigen! Daß ihr es morgen nicht wagt, hierherzukommen, denn morgen werden wir uns in den Badestuben waschen und mit den Beilen die Bänke abschaben. Morgen haben wir für euch nichts übrig. Richtet euch eben ein, so gut ihr's versteht.‹

Mawrutka wollte ihren Putz erst dann in den Getreidespeicher tragen, wenn Großvater Fedos in den Wald gegangen war; als alles, was es nötig hatte, in der Hütte gescheuert und saubergeschabt war, schaute sie durchs Fenster und sah, daß es draußen ein naßkaltes Schneegestöber gab, das einem ordentlich den Atem verschlug. Da dachte Mawrutka: ›Ich will schnell hinspringen, sonst kommt mir noch Großvater auf den Hals!‹ Allein, kaum hatte sie die Tür geöffnet und kaum hatte ihr der nasse Schnee ins Gesicht gepeitscht, da sah sie dicht vor sich auf einem Mühlstein an der Schwelle ein Bettelkind sitzen, das sehr eigenartig schien: das Kind hatte ein feines Gesichtchen, seine ganze Kleidung aber bestand nur aus einem zerrissenen Kittelchen, das auf den Schultern große Löcher hatte, die mit Stroh ausgestopft waren, ganz so, als wären dort abgebrochene Flügelchen in Stroh gehüllt und befestigt.

Da ärgerte sich Mawrutka über das Kind.

›Was willst du‹, sagte sie, ›was soll das, daß du an einem

solchen Tage hergekommen bist? Daß euch doch alle die Pest –!‹

Das Kind stand still da und schaute sie mit seinen großen Augen an.

Da sprach das Mädel: ›Was starrst du mich an mit deinen Glotzaugen? Marsch, fort!‹

Das Kind aber stand immer noch da.

Da drehte Mawrutka es um und stieß es fort: ›Marsch, in den Sumpf!‹

Und lief selber fort und spürte keinerlei Unruhe in ihrer Seele, denn es war ja doch jenen gesagt worden, daß sie an diesem Tage nicht zu kommen hätten – was schleppte es sich da her!

So lief Mawra zum Speicher und dort direkt in die entfernteste Ecke und versteckte in dieser im trockenen Stroh ihren ganzen Putz; als sie sich jedoch wieder aufrichtete, um zurückzugehen, sah sie, daß dasselbe ›glotzäugige‹ Kind auf der Torschwelle stand.

Mawrutka geriet in hellen Zorn.

›Du Rotznase‹, sagte sie, ›du spionierst mich wohl aus, um mein Eigentum zu stehlen! Das werde ich dir abgewöhnen!‹ Und schleuderte einen schweren Dreschflegel auf das Kind, einen Dreschflegel, der das Kind sofort hätte töten müssen, Gott aber war gnädig – er flog vorbei, der Dreschflegel, worüber sie freilich in noch größere Wut geriet und hinter dem Kinde herlief. Dieses jedoch hatte sich entweder hinter einer Ecke versteckt, oder es war vor Furcht in eine Getreidedarre geschlüpft, jedenfalls fand Mawra es nicht und ging schnell nach Hause, um früher da zu sein, noch ehe Großvater Fedos aus dem Walde heimkäme, und war dabei voller Angst, als stünde ihr irgendein Unheil bevor oder als würde sie von jemand verfolgt.

Je schneller sie aber lief, desto mehr sank ihr der Mut, und zudem schien ihr noch jemand vor ihrem Hause zu sein . . .

Mawrutka schaute schärfer hin: konnte es möglich sein, daß das glotzäugige Kind wieder dort war? . . .

Ein gleichaltriges Mädel ging, einen Eimer tragend, an ihr vorüber und fragte sie: ›Was hast du? Hast du dir am Ende den Fuß verrenkt?‹

Allein Mawrutka winkte ihr nur zu und fragte sie: ›Hör mal, kannst du unser Haus von hier aus sehen?‹

›Das kann ich.‹

›Sag mal, was sitzt da vor unserm Haus unterm Fenster auf dem Bänkchen?‹

›Na, Großvater Fedos doch . . .‹

›Solltest du vielleicht plötzlich hühnerblind geworden sein?‹

›Wieso denn! Wo ich ihn doch ganz klar sehe, wie seine Hände in Fäustlingen stecken und wie er sich auf die Krücke stützt. Schwer plagt ihn soeben der Husten . . .‹

›Siehst du dort nicht auch einen glotzäugigen Balg?‹

›Ein glotzäugiges Kind ging heute im Dorf von Tür zu Tür, jetzt aber ist es futsch . . .‹

Da sagte ihr Mawrutka, daß sie noch soeben das glotzäugige Kind gesehen und daß dieses ausspioniert habe, wo sie ihren Putz versteckt hätte.

›Und jetzt‹, sagte sie, ›meine ich immer, daß dieses Ekel meinen Putz finden und stehlen wird.‹

›Lauf hin und versteck ihn woanders!‹

›Richtig, ich will hinlaufen!‹

Und fühlte dabei doch selber, daß es ihr jetzt im Speicher nicht mehr ganz geheuer sein würde.

Nach Hause gekommen, machte Mawra es dem Großvater wieder nicht recht, so daß er zu ihr sprach: ›Du hast wahrscheinlich fest im Sinn, deinen Kopf durchzusetzen. Gib fein acht, daß dabei kein Unglück entsteht!‹

Sie erwiderte: ›Du wirst mich nicht zurückhalten!‹

›Warum mit Gewalt zurückhalten ... ist nicht notwendig ... Aber sag mal, was gefällt dir denn dabei so gut? ... Wenn ihr heimgeht, paßt auf, daß euch die Jungens nicht noch etwas antun.‹

›Da krächzt er, schon wieder krächzt er! Wir fürchten keinen, und dort wird es ein Fest geben, wie es sich gehört – sie haben einen Ochsen geschlachtet und drei Schweine und mit Malz ein Dünnbier gebraut ...‹

›Schau an, was alles für Verrücktheiten vorbereitet worden sind! Gebraut und geschlachtet ...‹

›Dir tun wohl gar die Schweine leid!‹

›Ein Rabe selbst, auch ein Rabe täte mir leid; sogar um sein Köpfchen kümmert sich eine höhere Vorsehung ...‹

›Um ein Rabenköpfchen?‹

›Ja!‹

›Vorsehung?‹

›Ja!‹

›Pfui!‹

Mawra spuckte laut aus.

Der Großvater sagte: ›Warum spuckst du?‹

›Ich spuck auf deine Worte.‹

›Auf meine kannst du spucken, aber sei nicht frech zum Hausherrn.‹

›Den brauche ich eben nicht.‹

›Schau mir einer an!‹

›Natürlich! ... Mag er fremden Pferden die Mähnen zausen.‹

›Was schwatzest du da, Törin! Wo ich doch zu dir von Dem spreche, für Den wir alle arbeiten müssen.‹

›Ich aber kann das nicht begreifen und will auch nicht.‹

›Was, du willst nicht arbeiten?‹

›Ich denk nicht dran.‹

›Und wirst doch müssen. Denn nicht alle arbeiten aus freiem Willen, es werden manche dazu gezwungen. Und so wirst auch du arbeiten müssen.‹

Trotz ihres Zornes mußte Mawra lachen und entgegnete: ›Hör auf, Großvater, wahrhaftig, man kann sehen, daß du von Sinnen bist!‹

Da sah sie der Großvater nur an und erwiderte: ›Der Herr sei mit dir, du gescheites Mädel!‹ und kroch stumm auf die Ofenbank; sie aber ergriff seine Laterne mit der Kerze darin, verbarg sie und eilte hastig zum Speicher, um ihren Putz anderswo zu verstecken.

Im Speicher war bereits alles dunkel, und es drang von allen Seiten die Furcht auf sie ein und mit dieser das Grauen: es packte sie geradezu an den Schultern und verwirrte ihr die Beine. Sie dachte: ich will schnell das Licht anstecken, dann werde ich mehr Mut haben; sie strich mit dem Zündholz einmal und noch einmal, und da war ihr, als flöge etwas dicht an ihrem Gesicht vorüber. Endlich hatte sie die Laterne angesteckt und bekreuzigte sich, doch kaum war sie in die Ecke gelangt, in der sich das Stroh befand, da flog von der einen Seite ein kleines Vöglein zu ihr heran und von der anderen ein anderes, ganz so, als wollten sie es ihr nicht erlauben!

Und plötzlich erkannte sie, daß ihr dies nicht nur so vorkam, sondern daß es in Wahrheit so war: die kleinen

Spatzen kamen von irgendwoher hier zusammen und flatterten ins Licht und fielen aufs Stroh und saßen dort mit gesträubtem Gefieder und schauten sie an ...

›Ich will es schnell herausreißen und fortlaufen‹, dachte Mawra und begann hastig mit beiden Händen im Stroh zu wühlen, mit einemmal aber bewegte sich etwas unter ihrer Hand und krabbelte ... Sie griff fester zu, und plötzlich flog noch ein Spatz herab und flatterte und zwitscherte ... ›Pfui Teufel, was suchst du da? Verdammter!‹ Und griff ihn und riß ihm den Kopf ab und hatte dabei nicht bemerkt, wie sie, wild vor Wut, die Laterne umgeschmissen hatte und wie durch diese mit einemmal das ganze Stroh Feuer faßte; aus dem Stroh aber, aus dem Haufen – was sagt ihr wohl dazu! – erhob sich jenes selbe glotzäugige Kind und hatte Blutstropfen auf der kleinen Stirn.

Da freilich vergaß Mawra alles und stürzte fort, das Feuer jedoch fegte mit dem Sturm durch das ganze Dorf und legte in einer Stunde alles in Asche, wofür wir gelebt und womit wir geprahlt ...

Schlimmer war es nun um uns bestellt als um jene, die uns vormals zur Last gefallen waren, denn nicht nur war unser ganzes Korn verbrannt, sondern wir hatten nicht einmal mehr Schlupfwinkel, in denen wir hausen konnten, und mußten daher nun unsererseits zu unsern Bettlern gehen und diese anflehen, ob wir nicht bis zu den warmen Tagen bei ihnen wohnen dürften.

Bei jenem Feuerschaden hatte sich Großvater Fedos am ganzen Leibe versengt und stand nicht mehr auf; trotzdem aber blies er immer noch ins gleiche Horn und sagte den andern als Trost: ›Macht nichts‹, sagte er, ›was

Gott sendet, ist alles gut. Da wir noch Gottes Lieblinge waren, da hatten wir uns freilich ganz vergessen und wollten nichts als unsere Narreteien ausführen, jetzt freilich wird uns der Herr wieder auf einen besseren Weg bringen.‹

Und starb mit diesen Worten – mit eben diesem Glauben!

Was das aber für ein Kind war und von wo es gekommen und wohin es beim Feuerschaden geraten war, das hat späterhin niemand in Erfahrung bringen können, und so begann man denn zu sprechen, es sei ein Engel gewesen, und wir seien deshalb bestraft worden, weil wir so mitleidlos zu ihm gewesen seien.

›Gleichviel‹, hatte schon Fedos gesagt, ›was das auch für ein Kind gewesen sein möge – ein armes Kind ist immer Gottes Bote, denn es dient dem Herrn, wenn Er unsere Herzen kennenlernen will . . .‹ So gebt denn auch ihr alle fein acht, denn es kann einem jeden von euch geschehen, daß er einmal einem solchen Boten begegnet!«

Das Tier

Und es lauschten die Tiere dem heiligen Worte.
Lehre des Vaters Seraphimus

1

Mein Vater war ein zu seiner Zeit sehr bekannter Untersuchungsrichter. Sehr viele Geschäfte von Belang wurden ihm anvertraut, und so kam es, daß er häufig von zu Hause verreisen mußte und Mutter, mich und die Dienstboten allein zurückließ.

Meine Mutter war damals noch sehr jung, und ich war ein kleiner Junge.

Und damals, als das vorfiel, von dem ich jetzt zu erzählen gedenke, war ich im ganzen erst fünf Jahre alt.

Winter war es, und zwar ein sehr harter Winter. Es herrschten solche Fröste, daß nachts die Schafe in ihren Ställen erfroren und die Krähen und Raben erstarrt auf die steinharte Erde fielen. Mein Vater befand sich um die Zeit aus Dienstgründen in Jelez und konnte nicht einmal zu Weihnachten nach Hause kommen, und darum entschloß sich mein Mütterchen, zu ihm zu fahren, damit er dieses schöne und fröhliche Fest nicht einsam verbringen müßte. Da es so unbarmherzig kalt war, nahm die Mutter mich auf diese lange Reise nicht mit, sondern ließ mich bei ihrer Schwester, meiner Tante, die an einen Gutsbesitzer aus dem Orjolschen verheiratet war, über den nicht gerade heitere Gerüchte kursierten. Reich war er, alt und grausam. Bosheit und Unerbittlichkeit waren seine Hauptcharakterzüge, aber das bekümmerte ihn nicht im geringsten, im Gegenteil, er prahlte sogar mit diesen Eigenschaften, die seiner Meinung nach die Verkörperung männlicher Kraft und unbeugsamer Seelenstärke waren.

Er versuchte auch seinen Kindern, von denen ein Knabe gleichaltrig mit mir war, die Begriffe des Mutes und der Standhaftigkeit einzuprägen.

Alle fürchteten den Onkel, aber noch mehr als alle fürchtete ich ihn, denn auch in mir versuchte er ›Mut zu entwickeln‹, ja, er stellte mich einmal, als ich erst drei Jahre alt war und sich gerade ein entsetzliches Gewitter, vor dem ich große Angst hatte, über uns entlud, auf den Balkon hinaus und schloß die Tür ab, um mir mit dieser Lehre den Schrecken vor dem Gewitter abzugewöhnen.

Es ist wohl begreiflich, daß ich in seinem Hause nur ungern zu Gast weilte und nur mit sehr großem Zagen, aber ich wiederhole, ich war damals erst fünf Jahre alt, und meine Wünsche wurden in Anbetracht der Ereignisse, denen man sich zu fügen hatte, nicht berücksichtigt.

2

Auf dem Gut meines Onkels gab es ein großes steinernes Haus, das fast einem Schloß ähnlich sah. Es war ein anspruchsvolles, aber unschönes und sogar häßliches Gebäude mit zwei Stockwerken, einer runden Kuppel und einem Turm, von dem man allerhand schreckliche Dinge erzählte. Vormals lebte dort der verrückt gewordene Vater des jetzigen Gutsbesitzers, später aber brachte man in jenen Zimmern die Apotheke unter. Doch auch dieser Umstand war irgendwie danach angetan, Grauen zu erregen; am allerfurchtbarsten aber war, daß hoch oben auf dem Turm Saiten in die leere Öffnung eines gewölbten Fensters gespannt waren, das heißt, man hatte dort eine sogenannte ›Äolsharfe‹ errichtet. Und wenn der Wind durch die Saiten dieses eigenwilligen Instruments fuhr, dann gaben diese Saiten ebenso unerwartete wie meistenteils sonderbare Töne von sich, Töne, die von einem leisen tiefen Gemurmel zu unruhigem und unharmonischem Gewimmer übergingen und häufig nichts anderes als ein unerträglicher Lärm waren, als glitten von Entsetzen gejagt ganze Scharen besessener Geister dort vorüber. Niemand im Hause liebte diese Harfe, und ein jedes im Haus dachte, die Harfe spräche zu dem gestrengen Hausherrn und er wage es nicht, ihr zu erwidern, und würde daher nur noch unbarmherziger, nur noch grausamer ... Denn man hatte ganz unzweifelhaft bemerkt, daß, wenn nachts Sturm losbrach und die Harfe so stark tönte, daß ihre Laute über die Teiche und den Park bis hinüber ins Dorf flogen, daß in solchen Nächten der Hausherr keinen Schlaf fand und morgens finster und wild aufstand und sogleich irgendeine seiner grausamen Anordnungen traf, die die Herzen all seiner vielzähligen Sklaven erbeben machten.

Es lag in den Gewohnheiten jenes Hauses, daß keinem jemals die geringste Verfehlung verziehen wurde. Dies war ein Gesetz, das niemals abgeändert wurde, weder für Menschen noch für Geschöpfe, noch für das winzigste Haustier. Von Barmherzigkeit wollte der Onkel nichts wissen; er schätzte sie keineswegs, denn er hielt sie für eine Schwäche. Unabwendbare Strenge stand ihm höher als jede Nachsicht. Und eben darum herrschte sowohl im

Hause wie auch in den weitläufigen Dörfern des Gutsbesitzers stets eine freudlose Trübseligkeit, die von Mensch und Tier geteilt wurde.

3

Der verstorbene Onkel war ein leidenschaftlicher Liebhaber der Hetzjagd mit Hunden. Er hielt zu diesem Zweck Windhunde, mit denen er Wölfe, Hasen und Füchse jagte. Aber er hatte auch noch eine besondere Art von Hunden, die sogar Bären angingen. Diese Hunde wurden »Blutegel« genannt. Denn sie verbissen sich dermaßen in das Tier, daß man sie hernach nicht mehr losreißen konnte. Zuweilen geschah es, daß der Bär, an dem der Blutegel mit seinen Zähnen festhing, ihn mit einem Hieb seiner furchtbaren Pratze tötete oder in Stücke riß, aber niemals geschah es, daß solch ein Blutegel lebendig von seinem Gegner ließ.

Heute, da man nur noch Hetzjagden auf Bären macht oder sie bestenfalls mit dem Jagdspieß angeht, scheint diese Gattung der Hunde-Blutegel in Rußland fast ausgestorben zu sein; zu jener Zeit aber, von der ich erzähle, durften sie bei keiner gut zusammengestellten großen Jagdkoppel fehlen. Zudem gab es in unseren Ortschaften Bären mehr als genug, und die Jagd auf sie galt als ein großes Vergnügen.

Wenn es gelang, ein ganzes Bärennest auszuheben, so nahm man meist die jungen Bären aus der Höhle und brachte sie nach Hause. Sie wurden dann in einem geräumigen Steinkeller gehalten, der nur wenige kleine, dicht unter dem Dach liegende Fenster hatte. Zudem waren diese Fenster ohne Glas und mit dicken Eisenstäben vergittert. Es kam nämlich mitunter vor, daß die jungen Bären aufeinander hinaufkrabbelten und sich mit ihren zähen und kralligen Pfoten an die Stäbe hängten. Nur auf diese Weise konnten sie aus ihrem Gefängnis in Gottes freie Welt hinausblicken.

Wenn wir vor dem Mittagessen spazierengeführt wurden, war es immer unser größtes Vergnügen, zu diesem Zwinger zu gehen und die hinter ihrem Gitter hervorlugenden spaßhaften Mäulchen der jungen Bären zu betrachten. Kolberg, der deutsche Erzieher, verstand es nämlich, ihnen die Brotstückchen, die wir zu diesem Zweck uns vom Frühstück absparten, auf dem Ende seines Stockes hinzureichen.

Das Beaufsichtigen und Füttern der Bären war einem jungen Burschen namens Ferapont anvertraut; da aber dieser Name dem Volksmund zu wenig lag, so nannte man ihn einfach nur »Chrapon«, oder noch häufiger »Chraposchka«. Ich kann mich noch gut an ihn erinnern: Chraposchka war ein mittelgroßer, sehr flinker, kräftiger und kühner Bursche von etwa fünfundzwanzig Jahren. Chrapon galt als ein hübscher Kerl – sein Gesicht war aus Milch und Blut, seine Locken waren schwarz und schwarz die großen, ein wenig hervorstehenden Augen. Zu alledem war er ungewöhnlich kühn. Er hatte eine Schwester Anna, die so etwas wie eine Unter-Kinderwärterin war und die uns die unterhaltendsten Dinge von der Kühnheit ihres verwegenen Bruders erzählte, aber auch von seiner ungewöhnlichen Freundschaft mit den Bären, in deren Zwinger er Winter und Sommer schlief, wobei sie ihn von allen Seiten zu umringen pflegten und ihre Köpfe auf ihn wie auf ein Kissen legten.

Gegenüber dem Hause meines Onkels ragte vor dem großen und runden Blumenbeet, das von einem schönbemalten Gitter eingefaßt war, ein breites Tor, und gegenüber diesem Tor wuchs mitten auf einem Rasendamm ein hoher, kerzengerader und glattgeschorener Baum, den man den »Mast« nannte. Den Wipfel dieses Baumes krönte ein kleines Holzgerüst, das seinerseits die »Laube« genannt wurde.

Aus der Schar der gefangenen jungen Bären wurde immer ein besonders ›kluger‹ ausgewählt, den man seinem Charakter nach für den zuverlässigsten und wohl auch für den verständigsten halten konnte. Dieser wurde von seinen Mitbrüdern ferngehalten und lebte in Freiheit, das heißt, es war ihm gestattet, sich in Park und Hof herumzutreiben, vornehmlich aber war es seine Aufgabe, am Baum vor dem Tore Wache zu halten. Dort verbrachte er die meiste Zeit und lag entweder auf einem Strohlager am Fuß des »Mastes« oder kletterte nach oben und saß oder schlief in der »Laube«, damit weder die zudringlichen Menschen noch die Hunde ihn necken könnten.

Dieses freie Leben war jedoch beileibe nicht allen Bären gegeben, sondern nur einigen, den besonders klugen und sanften, und auch nicht etwa während ihrer ganzen Lebzeit, sondern eben nur, solange sie ihre tierischen, im Zusammenleben unbequemen Eigenschaften nicht hervortreten ließen, das heißt, solange sie sich friedlich aufführten und weder Hühner noch Gänse berührten, weder Rinder noch Menschen.

Ein Bär, der die Ruhe der Gutsbewohner beeinträchtigt hatte, wurde unverzüglich zum Tod verurteilt, und da gab es nichts, das dieses Urteil je von ihm hätte abwenden können.

4

Es war Chrapons Aufgabe, jeweils den ›verständigen Bären‹ ausfindig zu machen. Da er derjenige war, der am meisten Umgang mit den jungen Bären hatte und ferner als großer Kenner ihres Wesens galt, so war es selbstverständlich, daß dieses seine Aufgabe war. Chrapon mußte es verantworten, wenn er eine ungeschickte Wahl traf – doch hatte er schon zu Beginn einen erstaunlich befähigten und klugen Bären für diese Rolle gefunden, der einen ungewöhnlichen Namen erhielt; die Bären heißen in Rußland meistens »Mischka«, dieser aber erhielt den spanischen Namen »Sganarel«. Schon seit fünf Jahren lebte er in voller Freiheit und hatte noch keine einzige Unart begangen. Wenn nämlich man vom Bären sagte, er sei ›unartig‹ geworden, so bedeutete es, daß er durch einen Überfall oder etwas Ähnliches seine tierische Natur zum Ausdruck gebracht hatte.

Der ›Unartige‹ wurde dann auf einige Zeit ins ›Loch‹ gesperrt, das man auf einer großen Wiese zwischen dem Getreideboden und dem Walde gegraben hatte, und erst nach einiger Zeit auf die Wiese herausgelassen (er kletterte an *einem* Balken heraus), um dort von den »jungen Blutegeln« gehetzt zu werden (das heißt von den heranwachsenden jungen Bärenhunden). Wenn aber die jungen Hunde ihn nicht zu packen vermochten und die Gefahr bestand, daß das Tier womöglich in den Wald entwischen könnte, dann warfen sich zwei der besten Jäger, die in einem Reserve-Hinterhalt lauerten, mit einer Koppel auserlesener und bereits erfahrener Hunde auf ihn, und damit war die Sache in der Regel zu Ende.

Wenn aber auch diese Hunde sich so ungeschickt stellten, daß das Tier zur ›Insel‹ (das heißt zum Wald) durchzubrechen vermochte, von wo es in die riesigen Brjansker Forste ging, dann gab es noch einen besonderen Schützen mit einem langen und schweren Stutzen von Kuchenreuther, der, das Gewehr auf eine Unterlage stützend, dem Bären die tödliche Kugel auf den Pelz zu brennen hatte.

Es war noch nie vorgekommen, daß ein Bär all diesen Gefahren entronnen wäre, denn schon der Gedanke daran, daß das geschehen könnte, wäre zu schrecklich gewesen: alle, die daran schuld gewesen wären, hätte nämlich eine tödliche Bestrafung erwartet.

5

Sganarels Solidität und sein Verstand hatten bewirkt, daß die eben geschilderte Vergnügung oder die Vollstrekkung des Todesurteils am Bären schon seit fünf Jahren nicht mehr vorgekommen war. Inzwischen war Sganarel aufgewachsen und ein großer starker Bär von ungewöhnlicher Kraft, Schönheit und auch Gewandtheit geworden. Seine Schnauze war besonders rund und kurz, und er war sehr wohlproportioniert, so daß er eigentlich mehr einem riesigen Pudel als einem Bären ähnlich sah. Sein Hinterteil war mager und von kurzem, ein wenig glänzendem Fell bedeckt, dafür aber waren seine Schultern und die Schulterblätter kräftig entwickelt und von langem und dichtem Pelz bewachsen. Sganarel war auch so klug wie ein Pudel und hatte einige für ein Tier seiner Art sehr merkwürdige Eigenschaften: er marschierte zum Beispiel ausgezeichnet und mit großer Leichtigkeit auf seinen zwei Hinterbeinen, wobei er sich mit Bauch und Hinterteil vorwärts schob, er schlug die Trommel, er marschierte mit einem Stock, der wie ein Gewehr hergerichtet war, und es machte ihm sogar großen Spaß, den Bauern behilflich zu sein, die allerschwersten Säcke zur Mühle zu schleppen, und schließlich hatte er es gar heraus, sich mit einem eigenartigen Chic eine hohe, spitzzulaufende Bauernmütze mit einer Pfauenfeder oder einem Strohbündel, in der Art eines Federbusches garniert, aufs lächerlichste auf den Kopf zu stülpen.

Doch auch für ihn schlug die Schicksalsstunde – und eines Tages nahm auch in Sganarel die tierische Natur Oberhand. Kurz bevor ich ins Haus meines Onkels kam, hatte der ruhige Sganarel einige Dummheiten gemacht, von denen eine schwerer wog als die andere.

Die Reihenfolge von Sganarels Verbrechen war die gleiche wie auch bei den Bären zuvor: als erstes riß er einer Gans den Flügel ab; darauf legte er auf ein Füllen, das der Mutter nachlief, seine Pratze und zerbrach ihm dabei das Rückgrat; zum Schluß aber kam dies: ein blinder alter Bettler und sein Führer, die auf den Gutshof kamen, gefielen ihm nicht, und darum machte Sganarel sich daran, sie auf dem Schnee hin und her zu rollen, wobei er ihnen freilich Arme und Beine gehörig zertrat.

Der Blinde und sein Führer wurden ins Krankenhaus gebracht, Chrapon jedoch erhielt den Befehl, Sganarel ins Loch zu stecken, von wo es nur noch einen Ausweg gab – den *zur Hinrichtung* . . .

Abends, als Anna mich und meinen damals genauso kleinen Vetter auskleidete, erzählte sie uns, daß sehr viel Rührendes geschehen sei, als man Sganarel zum Loch brachte, wo er seine Todesstunde zu erwarten hatte.

Chrapon hatte durch Sganarels Lippen keineswegs den schmerzhaften Ring gezogen und auch sonst keinerlei Gewalt gegen den Bären angewandt, sondern ihm nur gesagt:

»Komm mit mir, Tier.«

Und der Bär stand auf und ging, und was das lächerlichste dabei war – er nahm auch seinen Hut mit dem Federbusch aus Stroh mit und hielt den ganzen Weg bis zum Loch Chrapon umarmt, als wären sie zwei Freunde.

Und in der Tat, sie waren auch wohl Freunde.

6

Chrapon tat es um Sganarel sehr leid, aber er konnte ihm in keiner Weise beistehen. Ich erinnere mich, daß an jenem Orte, wo dies vorfiel, niemals jemandem auch nur das geringste vergeben worden war, und Sganarel mußte nun für seine Triebe mit einem grausamen Tode bezahlen.

Die Hetze auf ihn sollte für die Gäste, die gewöhnlich um die Weihnachtszeit den Onkel besuchen kamen, eine Nachmittagsunterhaltung geben. Der Befehl hierüber erging zur gleichen Zeit, als Chrapon den schuldigen Sganarel abführte, um ihn ins Loch zu stecken.

7

Ins Loch gesteckt wurden die Bären auf ziemlich einfache Art. Die Öffnung oder Mündung des Loches wurde mit ein wenig Gestrüpp zugedeckt, das auf einigen dünnen Stangen ruhte, worauf das Ganze mit Schnee zugescharrt wurde. Und zwar wurde das so gemacht, damit der Bär die ihm zugedachte verräterische Falle nicht vorzeitig bemerke. Nun wurde das gehorsame Tier zu dem Platze gebracht und vorwärts getrieben. Es machte einige Schritte und stürzte dann plötzlich in die tiefe Grube, aus der zu entrinnen unmöglich war. Und hier mußte der Bär so lange bleiben, bis die Zeit seiner Hetze herankam. Dann wurde ein sieben Ellen langer Balken ins Loch quer herabgelassen, und an diesem Balken kletterte der Bär nach draußen. Und darauf begann die Hetzjagd. Wenn es aber vorkam, daß das gescheite Tier, in Vorahnung der Gefahr, nicht herauswollte, so nötigte man es herauszukommen, indem man es mit langen Stangen, an deren Enden scharfe eiserne Spitzen waren, kitzelte oder indem man brennendes Stroh hineinwarf oder aus Büchsen und Pistolen blinde Schüsse abgab.

Chrapon führte seinen Sganarel ab und setzte ihn eben auf genannte Weise in Arrest, er kehrte sehr verstimmt und traurig nach Hause zurück. Und leider erzählte er seiner Schwester, wie ›liebevoll‹ das Tier mit ihm gegangen war und wie es, nachdem es durch das Gestrüpp ins Loch gefallen, sich dort hingekauert und, die vorderen Pfoten wie Hände faltend, zu stöhnen begonnen hätte, ganz als weinte es.

Und weiter eröffnete Chrapon seiner Schwester Anna, daß er schleunigst fortgelaufen sei, um nur nicht das klägliche Stöhnen Sganarels zu hören, denn sie quälten ihn, diese Klagelaute, und waren seinem Herzen unerträglich.

»Gott sei Dank«, fügte er hinzu, »daß es nicht meine, sondern anderer Leute Aufgabe ist, auf ihn zu schießen, wenn er ausreißen sollte. Sollte das mir befohlen werden, so würde ich lieber alle Foltern erdulden, als auf ihn einen Schuß abzufeuern.«

8

Anna erzählte es uns, und wir erzählten es dem Erzieher Kolberg. Kolberg aber teilte es dem Onkel mit, um ihn ein wenig zu zerstreuen. Der hörte ihn an und sagte nur: »Braver Bursche, unser Chraposchka« und klatschte dann dreimal in die Hände.

Das bedeutete, daß der Onkel seinen Kammerdiener Ustin Petrowitsch zu sich berief, ein altes Männchen aus der Schar der im zwölfer Jahr gefangenen Franzosen.

Ustin Petrowitsch, oder eigentlich Justin, erschien in seinem reinlichen, lilafarbenen Frack mit den silbernen Knöpfen, und Onkel befahl ihm, daß zur morgigen Jagd auf Sganarel Phlegont als Schütze aus dem Hinterhalt anzutreten hätte, der bekannteste Schütze, der niemals fehlschoß, der zweite Schütze aber hätte Chraposchka zu sein. Offenbar beabsichtigte der Onkel sich an dem schlimmen Widerstreit der Gefühle in dem armen Burschen zu belustigen. Denn ihm würde es natürlich teuer zu stehen kommen, wenn er nicht auf Sganarel schösse oder etwa absichtlich fehlschösse, mit dem zweiten Schuß aber würde Phlegont, der noch nie einen Fehlschuß getan hatte, Sganarel dennoch töten.

Ustin verbeugte sich und ging, den Befehl weiterzugeben, wir Kinder aber merkten gleich, daß wir etwas Schlimmes angerichtet hatten und daß in all diesem etwas ungemein Schweres lag und daß nur Gott bekannt war, wie das alles enden sollte. Und nun konnten wir weder das schmackhafte Weihnachtsessen, das spät serviert wurde und gleichzeitig Mittag- und Abendessen war, nach Gebühr würdigen noch die hergereisten Gäste, von denen einige sogar ihre Kinder mitgebracht hatten.

Sganarel tat uns leid, und Ferapont tat uns leid, und wir vermochten nicht einmal zu entscheiden, welcher von den beiden uns mehr leid täte.

Ich und mein gleichaltriger Vetter wälzten uns noch lange in unseren Bettchen. Beide schliefen wir spät ein und schrien beide im Schlaf, denn im Traum war uns beiden der Bär erschienen. Als nun aber die Kinderfrau uns damit beruhigen wollte, daß der Bär nicht mehr zu fürchten sei, denn er säße ja in seiner Grube und wäre überdies morgen tot, bemächtigte sich meiner eine noch größere Unruhe.

Ja, ich fragte sogar die Kinderfrau, ob es mir erlaubt sei, für Sganarel zu beten? Diese Frage war für die religiösen Begriffe der guten Alten zu hoch, denn gähnend und den Mund dabei bekreuzigend erwiderte sie mir, daß sie hierüber nichts Genaueres wisse, hierüber hätte sie noch niemals den Priester befragt, daß aber immerhin der Bär auch ein Geschöpf Gottes und jedenfalls in Noahs Arche geschwommen sei.

Und mir war, daß diese Anspielung auf die Fahrt in der Arche darauf anziele, daß Gottes grenzenlose Gnade sich nicht nur einzig auf Menschen erstrecke, sondern auch auf alle anderen Geschöpfe Gottes, und gläubig, wie nur ein Kind es sein kann, kniete ich auf meinem Bettchen nieder, beugte meinen Kopf auf die Kissen herab und flehte Gottes Allmacht an, meine heiße Bitte nicht übel anzurechnen und Sganarel zu begnadigen.

9

Der Weihnachtstag brach an. Wir waren feiertäglich angezogen und erschienen zum Morgentee in Begleitung unserer Erzieher und Bonnen. Im Speisesaal befand sich außer der großen Zahl von Verwandten und Gästen auch noch die Geistlichkeit: der Priester, der Mesner und zwei Mesnerknaben.

Als der Onkel eintrat, sangen sie: »Christ ist geboren.« Darauf gab es den Tee und gleich danach ein kleines Frühstück, und um zwei Uhr das frühzeitige Fest-Mittagessen. Denn gleich nach dem Mittagessen sollte man zur Hetze Sganarels aufbrechen. Eine Verzögerung war ausgeschlossen, denn um jene Zeit wird es schon früh dunkel, und in der Dunkelheit ist eine Hetze ein Ding der Unmöglichkeit; nur zu leicht kann der Bär sich da dem Auge entziehen.

Alles ging, wie es angeordnet war. Gleich nach Tisch wurden wir warm angezogen, um der Hetzjagd auf Sganarel beizuwohnen. Wir wurden in unsere Hasenpelze gesteckt und in die zottigen Stiefel aus Ziegenwolle mit den runden Sohlen, und bald darauf setzte man uns in die Schlitten. Rechts und links vor der Auffahrt hielten schon die vielen, langen und geräumigen Schlitten für Dreigespanne, von bunten Teppichen bedeckt, und dortselbst hielten zwei Stallburschen des Onkels braunes englisches Reitpferd am Zügel, das den Namen »Die Modedame« führte.

Der Onkel kam in seinem Fuchspelz heraus, er trug eine spitze Mütze aus dem gleichen Pelz, und kaum hatte er im Sattel, über den ein schwarzes Bärenfell mit vielen Riemen und Riemchen, außerdem reich mit Türkisen und ›Schlangenköpfen‹ verziert, gebreitet war, Platz genommen, als sich augenblicklich der ganze riesige Zug in Bewegung setzte, und nach zehn oder fünfzehn Minuten waren wir bereits an dem Ort, wo die Hetze vor sich gehen sollte, und stellten uns im Halbkreis auf. Die Schlitten hielten mit einer halben Wendung zu einem großen, ebenen und schneebedeckten Felde, das von einer Kette berittener Jäger eingefaßt war und weiterhin an den Wald stieß.

Und dort an der Waldgrenze befanden sich, von Büschen verdeckt, die Verstecke oder vielmehr Hinterhalte, in denen sich Phlegont und Chraposchka aufzuhalten hatten.

Die Hinterhalte waren nicht zu sehen, und nur wenige Eingeweihte konnten uns die kaum bemerkbaren Unterlagen zeigen, die den Schützen zum Zielen dienen sollten, wenn sie auf Sganarel zu schießen hatten.

Auch die Grube, in der der Bär saß, war nicht zu sehen, und darum zogen zunächst die prächtigen Berittenen unwillkürlich unsere Augen auf sich, sie waren bunt, aber reich bewaffnet: da gab es schwedische Strabusen, deutsche Morgenrote, englische Mortimers und polnische Colets.

Vor der ganzen Kette hielt der Onkel auf seinem Pferd. Man reichte ihm die Leine, an der zwei zusammengekoppelte »Blutegel« von den wildesten zerrten, und breitete ein weißes Tuch auf seinen Sattelknauf.

Die Zahl der jungen Hunde, durch deren Geschicklichkeit der schuldbeladene Sganarel zu sterben hatte, war ungeheuer groß, und ihre Haltung war sehr überheblich: feurige Ungeduld sprach aus ihr und eigentlich zu wenig Dressur. Sie winselten, bellten, sprangen und irrten in ungeordneten Koppeln zwischen den Pferden hin, auf denen Bereiter in Livree saßen und unentwegt mit den Hetzpeitschen knallten, um die jungen, vor Ungeduld aus dem Häuschen geratenen Hunde zum Gehorsam zu bringen. Und all das kochte vor Verlangen, sich auf das Tier zu werfen, dessen Nähe die Hunde mit ihrer angeborenen feinen Witterung natürlich schon längst ahnten.

Es war an der Zeit, Sganarel aus seinem Loch zu holen und ihn seinem Schicksal zu überlassen!

Der Onkel winkte mit dem auf seinem Sattelknauf liegenden weißen Tuch und sagte: »Los!«

10

Aus der Schar der Jäger, die den Stab des Onkels bildeten, entfernten sich einige zehn und schritten quer übers Feld.

Nach etwa zweihundert Schritten blieben sie stehen und schickten sich an, einen langen, wenn auch nicht sehr dicken Balken aus dem Schnee zu graben, den wir bis dahin, der Entfernung wegen, noch nicht zu Gesicht bekommen hatten.

Sie vollzogen ihr Werk dicht neben der Grube, in der Sganarel saß, aber da wir so weit entfernt waren, hatten wir auch diese bis jetzt noch nicht wahrgenommen.

Sie hoben das Holz auf und senkten es sogleich mit dem einen Ende in das Loch. Es wurde mit einer solchen Neigung herabgelassen, daß das Tier ohne Mühe wie auf einer Leiter daran heraufzuklettern vermochte.

Das andere Ende des Balkens stützte sich auf den Rand

der Grube und ragte wohl noch eine Elle darüber empor.

Gespannt verfolgten aller Augen diese vorbereitende Operation, denn nun rückte der allerinteressanteste Augenblick näher und näher. Man nahm an, daß Sganarel draußen sogleich erscheinen würde; aber er begriff offenbar, worum es sich handelte, und wollte um keinen Preis heraus.

Nun begann man mit Schneestücken nach ihm zu werfen und stach nach ihm mit spitzen Stöcken; ein Gebrüll erschallte, aber das Tier verließ sein Loch nicht. Blinde Schüsse, die in die Grube abgefeuert wurden, knallten, aber wenn auch Sganarels Brüllen immer zorniger wurde, seine Höhle wollte er nach wie vor nicht verlassen.

Da jagte von irgendwo außerhalb der Kette eine von einem einzelnen Pferde gezogene gewöhnliche Mistfuhre heran, auf der ein Haufen trockenen Strohs lag.

Das Pferd war hochbeinig und mager, eines von jenen, die man im allgemeinen nur noch dazu benützt, um in der Erntezeit die Nahrungsmittel herbeizuschaffen, und dennoch galoppierte es trotz seines Alters mit fliegendem Schweif und gesträubter Mähne. Aber es war schwer zu entscheiden, ob seine jetzige Rüstigkeit noch ein Rest vormaligen jugendlichen Feuers war oder ob sie eher nur eine Ausgeburt der Angst und Verzweiflung bedeutete, die dem alten Pferde die nahe Anwesenheit des Bären einflößte. Augenscheinlich war das letztere das wahrscheinlichere, denn das Pferd war nicht nur mit einem eisernen Gebiß aufgezäumt, sondern auch noch mit einem scharfen Strick, der seine bereits ins Graue spielenden Lefzen schon ganz blutig gerissen hatte. Das Pferd raste nur so dahin und wollte ausreißen, es bäumte sich so entsetzlich, daß der Pferdejunge genug damit zu tun hatte, ihm zu gleicher Zeit den Kopf mit dem Strick in die Höhe zu reißen und es mit der anderen Hand unbarmherzig mit der dicken Knute zu bearbeiten.

Doch wie immer dem auch sei, das Stroh wurde in drei Haufen verteilt, angezündet und brennend zur gleichen Zeit von drei Seiten in die Grube geworfen. Von der Flamme unberührt war einzig der Rand, an den der Balken gelehnt war.

Ein betäubendes und grimmiges Brüllen brach los, obwohl auch etwas wie ein Klagen darin lag, aber . . . aber der Bär erschien immer noch nicht.

Das Gerücht flog bis zu uns hin, Sganarel sei ganz versengt worden und hätte sich, die Pfoten fest vor die Augen gedrückt, auf dem Boden dicht in eine Ecke geschmiegt, so daß man ihn nicht mehr hervorholen könnte.

Das Pferd mit seinen zerrissenen Lefzen jagte wieder im Galopp zurück . . . Alle dachten, es geschehe nur, um eine neue Ladung Stroh zu holen. Unter den Zuschauern entstand ein unzufriedenes Murmeln: warum hatten die Veranstalter der Jagd nicht vorsorgend daran gedacht, bereits vorher so viel Stroh herbeizuschaffen, daß nun ein genügender Vorrat zur Hand wäre. Der Onkel ärgerte sich und schrie etwas, das ich vor all dem Lärm, der sich jetzt unter den Leuten erhob, und dem immer stärker schallenden Winseln der Hunde und Knallen der Peitschen nicht vernehmen konnte.

Aber in all dem lag doch eine gewisse Stimmung, und alles ging auch auf seine Art, denn schon sauste das Pferd von vorhin schnaubend und sich bäumend zur Grube zurück, in der Sganarel lag, nur daß es diesmal kein Stroh mit sich führte: auf dem Schlitten saß jetzt Ferapont.

Der zornige Befehl des Onkels gipfelte darin, Chraposchka sollte selber in die Grube steigen, um von dort aus seinen Freund selbst zur Hetze hinauszuführen ...

11

Und nun war also Ferapont an Ort und Stelle. Er schien sehr aufgeregt zu sein, aber er handelte fest und entschlossen. Ohne sich auch nur im geringsten dem Befehl des Herrn zu widersetzen, nahm er den Strick vom Schlitten, mit dem das vor wenigen Minuten herbeigebrachte Stroh umwickelt gewesen war, und band das eine Ende des Strickes an das obere Ende des Balkens. Den anderen Teil des Strickes nahm Ferapont in die Hand und hielt sich daran fest, als er, die Füße voran, sich jetzt am Balken in die Grube hinunterließ ...

Sganarels furchtbares Brummen verstummte und wurde zu einem dumpfen Knurren.

Es war ganz, als beklagte sich das Tier bei seinem Freunde darüber, wie grausam die Menschen mit ihm umgegangen; und dann hörte auch das Knurren auf, und es entstand eine völlige Stille.

»Er umarmt Chraposchka und schleckt ihn ab!« rief plötzlich einer der Leute, die vor der Grube standen.

Von den Menschen, die ringsum auf den Schlitten saßen, seufzten einige, und einige runzelten die Stirn.

Vielen tat der Bär bereits leid, und es war augenscheinlich, daß diesen die Hetze wenig Vergnügen versprach. Doch bald schon wurden diese vorübergehenden Empfindungen von einem Ereignis unterbrochen, das noch viel unerwarteter war und das durchaus den Keim zu neuer Rührung in sich trug.

Aus der Mündung der Grube kam langsam wie aus einer Unterwelt Chraposchkas Lockenkopf mit der runden Jägermütze hervor. Er kletterte genau so nach oben, wie er sich herabbegeben, das heißt, Ferapont setzte Fuß vor Fuß auf das Brett und zog sich dabei an dem fest angebundenen Strick nach oben. Aber Ferapont kam nicht allein heraus: neben ihm schritt in enger Umarmung mit ihm, die zottige Pratze auf seiner Schulter, Sganarel ins Freie ... Der Bär war schlecht gelaunt und gar nicht in verwegener Stimmung. Abgehärmt und entkräftet, und zwar augenscheinlich weniger durch körperliche Leiden als durch die schwere moralische Erschütterung, erinnerte er stark an König Lear. Seine blutunterlaufenen zornigen und unwilligen Augen funkelten unter den dichten Brauen. Und genauso wie bei jenem König Lear war sein Haar zerzaust und stellenweise versengt, und hie und da klebten Strohbüschel darin. Und zu allem Überfluß trug Sganarel durch einen erstaunlichen Zufall ebenfalls etwas in der Art einer Krone, wie jener unglückselige Gekrönte. Er trug vielleicht aus Liebe zu Ferapont, vielleicht aber auch nur zufällig jene Mütze unter dem Arm, die Ferapont ihm gegeben und mit der er Sganarel damals gezwungenermaßen in das Loch stoßen mußte. Der Bär hatte diese Gabe des Freundes aufbewahrt ... und da jetzt sein Herz in der Umarmung des Freundes eine kurze Ruhe fand, zog er sie, kaum daß er wieder auf der Erde stand, sogleich unter dem Arm hervor und setzte die schrecklich verdrückte Mütze sich auf den Scheitel ...

Viele lachten über diesen Vorfall, vielen aber war es

qualvoll, das anzusehen. Und sie beeilten sich, sich abzuwenden, um das Tier, das gleich ein böses Ende nehmen mußte, nicht mehr zu sehen.

12

Während dies vorfiel, heulten die Hunde laut auf und gebärdeten sich noch toller als zuvor, so daß bereits jede Spur von Unterwürfigkeit verschwunden schien. Sogar die schwere Peitsche hatte ihre nachdrückliche Überredungsgabe verloren. Als die Blutegel und die jungen Hunde Sganarel erblickten, hoben sie sich mit heiserem Gebell und Geknurr auf die Hinterbeine und erstickten fast in ihren ledernen Halsbändern; Chraposchka jedoch galoppierte inzwischen bereits wieder auf seinem Schlitten dem Walde zu, wo sein Hinterhalt lag. Sganarel war wiederum allein und zerrte ungeduldig mit der Pfote, um die sich zufällig der von Chraposchka weggeworfene Strick, der an dem Balken befestigt war, geschlungen hatte. Das Tier wollte ihn schnell entwirren oder abreißen, um dem Freund nachzueilen, aber die Geschicklichkeit des Bären war trotz seiner Klugheit doch nur die eines Bären, und so bekam denn Sganarel die Schlinge um seine Pratze nicht auf, sondern zog sie nur immer fester zu.

Als Sganarel sah, daß die Sache nicht so ging, wie er wollte, begann er heftig am Strick zu zerren, um ihn zu zerreißen, aber der Strick war fest und zerriß nicht, und nur der Balken bewegte sich und richtete sich in der Grube auf. Er sah sich um, im gleichen Augenblick waren aber auch schon die ersten Blutegel über ihm, und einer von ihnen verbiß sich mit der ganzen Wucht des ersten Anpralls in sein Schulterblatt.

Sganarel war so völlig vom Strick in Anspruch genommen, daß er nichts Derartiges erwartet hatte, und darum geriet er zunächst nicht einmal in Wut, sondern schien mehr über die Dreistigkeit in Erstaunen zu geraten; als jedoch nach einer Sekunde der Blutegel losließ, um sich noch tiefer zu verbeißen, holte er gewaltig mit seiner mächtigen Pfote aus und schleuderte ihn mit zerfetztem Bauch weit von sich. Der Schnee wurde von den Eingeweiden, die herausquollen, blutig, den anderen Hund aber zerdrückte im gleichen Moment die Hinterpratze des Bären ... Noch unerwarteter jedoch und noch viel schrecklicher war, was inzwischen mit dem Balken geschah. Als Sganarel jene heftige Bewegung mit der Pfote machte, um den Blutegel, der sich in ihn verbissen hatte, loszuwerden, riß er mit der gleichen Bewegung den fest an den Strick gebundenen Balken aus dem Loch, und dieser schwang nun durch die Luft. Der Strick war gestrafft, und der Balken fuhr um Sganarel wie um seine Achse und zeichnete mit seinem anderen Ende einen Kreis in den Schnee, hatte jedoch schon während seines ersten Umschwunges nicht etwa zwei oder drei, sondern eine ganze Koppel herbeistürzender Hunde zerschmettert und erlegt. Einige von ihnen winselten und versuchten, sich aus dem Schnee zu graben, die anderen aber lagen nach ihrem Purzelbaum sehr still auf dem Boden.

13

Entweder war das Tier von so schneller Auffassungsgabe, daß es sogleich begriff, welch eine vortreffliche Waffe ihm hier zur Verfügung stand, oder aber tat ihm der Strick, der seine Pfote umwunden hatte, zu weh, kurz, es heulte dumpf auf, packte den Strick mit der Pratze und ließ den Balken so kreisen, daß er sich in der gleichen Höhe mit der Pfote in horizontaler Richtung ausstreckte und ein Tönen von sich gab, wie nur ein stark wirbelnder, riesenhafter Kreisel zu tönen vermag. Alles, was in seinen Bereich geriet, mußte unfehlbar in Trümmer zerschmettert werden. Wenn aber der Strick an irgendeinem Punkt schadhaft war und etwa riß, so mußte der losgerissene, in zentrifugaler Richtung schwingende Balken sicherlich sehr weit, und Gott weiß wohin, fliegen, und auf diesem Fluge ohne Zweifel alles Lebende, das sich ihm in den Weg stellte, vernichten.

Alle Menschen, aber auch die Pferde und die Hunde auf der ganzen Linie und in der Ausdehnung der Kette waren in furchtbarer Gefahr, und natürlich wünschte, der Sicherheit seines Lebens halber, ein jeder von uns, daß der Strick, vermittels dessen Sganarel seine riesenhafte Schleuder kreisen ließ, sich als fest erweisen möge. Aber welch ein Ende konnte dies alles haben? Niemand außer wenigen Jägern und den zwei Schützen, die am Wald in ihren Hinterhalten saßen, verspürten die geringste Lust, darauf zu warten. Das gesamte Publikum, das heißt, alle Gäste sowohl wie auch die Hausgenossen des Onkels, die in ihrer Eigenschaft als Zuschauer zu dem Vergnügen geladen waren, fand in dem, was hier vorfiel, nicht das kleinste Vergnügen mehr. In panischem Schrecken befahl man den Kutschern, so schnell als möglich den gefahrvollen Ort zu verlassen, und bald fegte, einander überholend und stoßend, alles in entsetzlicher Unordnung zum Hause zurück.

Während dieser übereilten und regellosen Flucht gab es mehrere Zusammenstöße, Schlitten wurden umgeworfen, Gelächter schallte, und alle waren mehr oder weniger erschreckt. Denen, die aus den Schlitten gefallen waren, kam es vor, als hätte der Balken sich schon losgerissen und pfeife nun über ihren Köpfen dahin, andere wieder dachten, das wildgewordene Tier jage ihnen nach.

Als die Gäste endlich das Haus erreicht hatten, konnten sie sich wieder beruhigen und von ihrer Angst erholen; die wenigen aber, die an Ort und Stelle der Hetzjagd zurückgeblieben waren, sahen noch etwas anderes, und zwar noch etwas viel Schrecklicheres.

14

Die Hunde noch fernerhin auf Sganarel zu hetzen war ausgeschlossen. Es war offenbar, daß er, bewaffnet mit seinem furchtbaren Balken, der ganzen großen Überzahl der Hunde, ohne sich auch nur sehr anzustrengen, leicht Herr werden konnte. Der Bär schritt nämlich, seinen Balken schwingend und sich selbst mit ihm schwingend, gerade auf den Wald los, in welchem der Tod im Hinterhalt auf ihn lauerte, denn hier saßen ja Ferapont und Phlegont, der niemals vorbeischoß.

Eine gutgezielte Kugel konnte alles schnell und sicher erledigen.

Jedoch das Schicksal begünstigte Sganarel in erstaunlichem Maße und wollte, da es sich schon in die Angelegenheiten des Tieres hineingemischt hatte, es scheinbar retten, koste es, was es wolle.

Im gleichen Augenblick nämlich, als Sganarel die Büsche erreicht hatte, hinter denen auf ihren Stützen ruhend die Mündungen der Kuchenreutherschen Stutzen Chraposchkas und Phlegonts auf ihn gerichtet waren, riß plötzlich der Strick, an dem der Balken immer noch im Kreise schwang ... und wie ein Pfeil sich vom Bogen trennt, so flog das Holz in der einen Richtung, der Bär aber, der das Gleichgewicht verloren, stürzte hin und purzelte, sich überschlagend, nach der anderen Seite.

Vor denen, die auf dem Felde zurückgeblieben, stand plötzlich ein neues und sehr lebendiges Bild: das Holz hatte die Gewehrstützen fortgehauen und ebenso die ganze Verkleidung des Verstecks, hinter dem Phlegont saß, war alsdann über diesen hinübergesprungen und hatte sich mit dem einen Ende in einer fernen Schneewehe festgebohrt; Sganarel aber war inzwischen nicht müßig gewesen. Nach drei oder vier Purzelbäumen war er ausgerechnet hinter den Schneewall geraten, hinter dem Chraposchka saß. Sganarel erkannte ihn sofort, blies ihn aus seinem heißen Rachen an und schleckte ihn mit seiner Zunge ab, doch da krachte auch bereits von der anderen Seite, wo Phlegont saß, ein Schuß ... und der Bär floh in den Wald, Chraposchka aber ... fiel bewußtlos nieder.

Man hob ihn auf und untersuchte ihn: eine Kugel war durch seinen Arm gedrungen, aber man fand in der Wunde auch einige Bärenhaare.

Phlegonts Ruf, der beste Schütze zu sein, war nicht verloren, denn der Schuß aus dem schweren Stutzen war übereilt und ohne Gewehrstütze abgegeben worden, konnte also nicht gezielt werden, wie es sich gehört hätte. Außerdem war es mittlerweile bereits dämmrig geworden, und endlich waren der Bär und Chraposchka zu dicht beieinander gewesen ...

Unter diesen Umständen konnte man sogar den Fehlschuß als ein sehr bemerkenswertes Ereignis ansehen.

Doch wie dem auch immer sei – Sganarel war fort. Ihm noch am gleichen Abend im dunklen Wald nachzusetzen war ausgeschlossen; bis zum nächsten Morgen aber kam über den Geist jenes, dessen Wille hier für jeden von uns Gesetz war, strahlend eine ganz andere Stimmung.

15

Nachdem die unglückselige Jagd, wie geschildert, zu Ende gegangen, kehrte der Onkel nach Hause zurück. Er war zornig und noch barscher als sonst. Und noch bevor er an der Freitreppe vom Pferde stieg, erteilte er schon den Befehl, morgen mit Tagesanbruch die Spur des Tieres aufzusuchen und es einzukreisen, damit es unter keinen Umständen entwischen könne.

Wäre die Jagd ordnungsgemäß verlaufen, so hätte sie natürlich andere Resultate geben müssen.

Man erwartete ferner seine Befehle, was mit dem verwundeten Chraposchka geschehen sollte. Alle waren der gleichen Ansicht, nämlich, daß sich etwas Schreckliches über ihn entladen würde. Denn zum mindesten bestand seine Schuld darin, daß er sein Jägermesser Sganarel nicht in die Brust gejagt hatte, als dieser bei ihm war und ihn völlig unbeschädigt aus seiner Umarmung ließ. Außerdem bestand ein starker, und wie es scheint, auch begründeter Verdacht, daß Chraposchka mit Absicht so gehandelt hatte und in der entscheidenden Minute, völlig bewußt, nichts gegen seinen zottigen Freund unternehmen wollte und ihm dadurch zur Freiheit verhalf.

Die jedermann bekannte Freundschaft zwischen Chraposchka und Sganarel lieh diesen Vermutungen eine große Wahrscheinlichkeit.

Und dies war nicht etwa nur die Ansicht all derer, die der Jagd beigewohnt hatten, auch die Gäste waren dieser Meinung.

Wir hörten den Gesprächen der Erwachsenen zu, die sich, als es Abend wurde, im großen Saal versammelten, wo für uns um die Zeit ein reich geschmückter Tannenbaum angezündet ward, und wir teilten die allgemeinen Ansichten und die allgemeinen Befürchtungen über das Los, das unseren Ferapont erwartete.

Zunächst jedoch flog aus dem Vorzimmer, durch welches der Onkel sich in ›seine Hälfte‹ begeben hatte, das Gerücht zu uns in den Saal, daß noch keine Anordnungen in bezug auf Chraposchka getroffen worden wären.

»Ob das wohl ein gutes Zeichen sein mag oder nicht?« flüsterte jemand, und in der allgemeinen schweren Verstimmung drang dieses Flüstern mächtig in jedes Herz.

Auch der gute Pater Alexej, ein alter Dorfpriester mit dem Bronzekreuz aus dem Jahre zwölf, hörte es. Er seufzte nur und entgegnete im gleichen Flüstertone:

»Betet zu Christ, dem Geborenen.«

Bei diesen Worten bekreuzigte er sich, und alle, die im Saale waren, Erwachsene und Kinder, Herren und Diener, alle folgten seinem Beispiel. Es war an der Zeit. Denn kaum waren unsere Hände gesunken, da öffneten sich breit die Flügeltüren, und herein trat der Onkel, ein Stöckchen in der Hand. Seine zwei Lieblingswindhunde waren mit ihm, dann der Kammerdiener Justin. Dieser trug auf einem silbernen Teller das weiße Taschentuch und die runde Tabatiere mit dem Porträt Pauls des Ersten.

16

Für den Onkel wurde vor dem Weihnachtsbaum ein Voltaire-Lehnstuhl inmitten des Zimmers auf einem kleinen Perserteppich hingestellt. Schweigend nahm er im Lehnstuhl Platz, und schweigend nahm er Justin das Taschentuch und die Tabatiere ab. Und sogleich legten sich auch die beiden Hunde zu seinen Füßen nieder und streckten ihre Schnauzen auf den Teppich.

Der Onkel trug einen warmen blauen Seidenrock mit draufgenähten Litzen und reichen weißen Filigranspitzen, die zudem mit großen Türkisen besetzt waren. In seiner Hand hielt er einen dünnen, aber kräftigen Stock aus natürlichem kaukasischem Vogelkirschholz.

Das Stöckchen erwies ihm jetzt gute Dienste, denn wärend der aufgeregten Minuten der allgemeinen Flucht hatte auch die glänzend zugerittene »Modedame« nicht ganz ihre Haltung bewahren können – sie war ausgebrochen und hatte das Bein ihres Reiters schmerzhaft an einen Baum gequetscht.

Dem Onkel tat das Bein sehr weh, und er hinkte sogar ein wenig.

Dieser neue Umstand war natürlich nicht danach angetan, gute Gefühle in seinem erbitterten und zornigen

Herzen zu erwecken. Und auch das war schlecht, daß wir alle beim Erscheinen des Onkels plötzlich verstummten. Wie es meistens bei mißtrauischen Menschen der Fall ist, konnte er so etwas nicht ausstehn, und darum beeilte sich Pater Alexej, der ihn ausgezeichnet kannte, die Lage, so gut es eben ging, zu verbessern, um nur die drückende Stille zu unterbrechen.

Da wir Kinder ihn gerade in heller Schar umgaben, richtete der Priester die Frage an uns, ob wir wohl auch den Sinn des Liedes »Christ ist geboren« ganz verstünden? Und da stellte sich heraus, daß nicht nur wir, nein, auch die älteren nicht viel davon wußten. Der Priester begann uns die Worte ›lobpreiset‹, ›rühmet‹ und ›erhebet euch‹ zu erläutern, und als er zur Bedeutung des letzteren Wortes gekommen war, kam auch über seinen Geist und sein Herz sanft ›die Erhebung‹. Und er sprach vom heiligen Geschenk, das auch heute, wie in »jener Zeit«, selbst der Ärmste zur Wiege des »geborenen Kindes« tragen könnte, und zwar noch kühner und würdiger tragen könnte, als jene Weisen des Altertums ihm ihr Gold, ihre Myrrhen und ihren Weihrauch darbrachten. Unser Geschenk ist unser Herz, geläutert nach seinem Gebot. Der alte Priester sprach von der Liebe, von der Verzeihung und von der Pflicht, Freund und Feind »im Namen Christi« Gutes zu tun ... Und mir will scheinen, daß in jener Stunde seine Worte die Kraft der Überzeugung hatten ... Wir alle verstanden wohl, worum es ging, und wir lauschten ihm mit einem eigenen Gefühl, als beteten wir, daß seine Worte ihr Ziel erreichen möchten, und vielen von uns waren die Wimpern von guten Tränen naß ...

Plötzlich hörten wir etwas fallen ... Es war der Stock des Onkels ... Man hob ihn auf, aber der Onkel rührte ihn nicht an: er saß still und ein wenig auf die Seite geneigt, seine Hand hing über die Lehne des Sessels herab, und in ihr drehte er, wie geistesabwesend, einen großen Türkis von einer Schnalle seines Rockes ... Und auch diesen ließ er fallen ... aber diesen ... niemand beeilte sich mehr, diesen aufzuheben.

Denn aller Augen hingen an seinem Antlitz. Es geschah etwas Erstaunliches: er weinte.

Still schob der Priester die Kinder von sich und trat zum Onkel und segnete ihn schweigend mit der Hand.

Und dieser blickte auf und ergriff die Hand des Alten und küßte sie plötzlich vor uns allen und sprach sehr leise: »Danke.«

Und blickte dann Justin an und hieß ihn, Ferapont zu rufen.

Der war sehr blaß und trug um den Arm einen Verband.

»Komm her!« befahl ihm der Onkel und wies mit der Hand auf den Teppich.

Chraposchka trat näher und fiel auf die Knie.

»Steh auf ... erheb dich!« sagte der Onkel: »Ich verzeihe dir.«

Und wieder warf Chraposchka sich vor ihm auf die Knie. Der Onkel sprach mit nervöser und erregter Stimme weiter:

»Du liebtest das Tier so, wie nicht jeder die Menschen zu lieben versteht. Du hast mich dadurch gerührt und mich an Großmut übertroffen. Ich will dir jetzt eine Gnade erweisen: ich schenke dir die Freiheit und hundert Rubel auf den Weg. Du magst gehen, wohin du willst.«

»Ich danke, und ich will nirgendwohin gehen«, rief Chraposchka.

»Wie das?«

»Nirgendwohin will ich gehen«, wiederholte Ferapont.

»Was willst du denn?«

»Für Ihre Gnade will ich Ihnen aus freien Stücken noch ehrlicher dienen als aus erzwungener Furcht.«

Die Augen des Onkels begannen zu zwinkern, mit der einen Hand drückte er sein weißes Taschentuch darauf, mit der anderen aber umarmte er, indem er sich vorbeugte, Ferapont ... und da wußten wir alle, daß wir aufzustehen hätten, und wir verhüllten unsre Augen ... Es war so schön zu fühlen, daß hier etwas zum Ruhme des höchsten Gottes geschehen war und daß an Stelle der finsteren Furcht nun der Frieden im Namen Christi seinen Wohlgeruch durch den Raum strömen ließ.

Auch im Dorf, wohin die Kessel mit dem Dünnbier gebracht worden waren, spürte man bald eine Wirkung. Lustig flackernde Freudenfeuer wurden angezündet, Heiterkeit glänzte auf allen Gesichtern, und scherzend sprach eines zum andern:

»Bei uns ist das neuerdings so, daß auch das Tier sich aufgemacht hat, Christus in der Stille zu preisen.«

Sganarel wurde nicht wieder aufgefunden. Ferapont, der jetzt, wie der Onkel es angeordnet hatte, frei geworden war, trat an die Stelle Justins und war dem Onkel nicht nur ein treuer Diener, sondern auch ein treuer Freund bis an sein Lebensende. Seine Hände drückten dem Onkel die Augen zu, und er beerdigte ihn in Moskau auf dem Waganjkowskijschen Friedhof, wo auch heute noch sein Denkmal zu sehen ist. Und dort selbst, zu seinen Füßen, hat auch Ferapont seinen Ruheplatz gefunden.

Blumen bringt ihnen freilich jetzt keiner mehr, aber in den Schlupfwinkeln und Vorstadtlöchern von Moskau gibt es auch heute noch Leute, die sich gut an den langen alten Herrn mit dem weißen Kopf erinnern, der stets wie durch ein Wunder in Erfahrung zu bringen wußte, wo wirkliches Leid umging, und immer zur rechten Zeit sich einzustellen pflegte oder zum mindesten seinen wackeren Diener mit den etwas hervorstehenden Augen hinschickte, und zwar niemals mit leeren Händen.

Diese zwei guten Menschen, von denen man viel erzählen könnte, waren mein Onkel und sein Ferapont, dem der Onkel zum Scherz folgenden Spitznamen gegeben hatte: »Der Bändiger des Tieres«.

Der Heckrubel

Es gibt einen Aberglauben, daß es möglich sei, mittels übernatürlicher Kräfte einen Heckrubel zu erhalten, das heißt einen Rubel, der, wie oft man ihn auch ausgebe, immer wieder heil in die Tasche zurückkehrt. Allein um einen solchen Rubel zu erhalten, muß man zuvor große Ängste ausstehen. Alle kann ich nicht mehr aufzählen, aber ich erinnere mich noch daran, daß man unter anderem eine schwarze Katze ohne die geringsten Flecken nehmen müsse und diese in der Weihnachtsnacht an der Kreuzung von vier Straßen, von denen die eine unbedingt zum Friedhof führen muß, feilzubieten habe.

An einem solchen Ort muß man haltmachen und die Katze so lange zwicken, bis sie miaut, und dabei fest die Augen zudrücken. Und zwar muß man dies alles wenige Minuten vor Mitternacht tun, denn mit dem Schlag der Mitternachtsstunde wird dann jemand kommen, der die Katze erstehen will. Der Käufer wird für das arme Tierchen sehr viel Geld bieten, der Verkäufer jedoch soll unter allen Umständen nur *einen Rubel* verlangen – nicht mehr und nicht weniger als einen Silberrubel. Nun wird der Käufer versuchen, dem Verkäufer eine größere Summe anzuhängen, allein dieser muß hartnäckig auf dem einen Rubel bestehen, und wenn er dann endlich diesen einen Rubel erhalten hat, muß er ihn in die Tasche tun und fest in der Hand halten, und darauf so schnell als möglich fortgehen und sich nicht umdrehen. Und dieser Rubel eben ist der Heckrubel oder der unausgebbare Rubel – das heißt, wie oft man ihn auch für einen Gegenstand in Bezahlung gibt, er kehrt immer wieder in die Tasche zurück. Um zum Beispiel hundert Rubel zu bezahlen, muß man lediglich hundertmal mit der Hand in die Tasche fahren und jedesmal den gleichen Rubel hervorziehen.

Dies ist natürlich ein leerer und unmöglicher Aberglaube; allein es gibt noch heute einfältige Leute, die nur zu bereit sind zu glauben, daß man Heckrubel in der Tat erlangen könne. Und als ich noch ein kleiner Bube war, glaubte ich ebenfalls daran.

2

Es war in meiner Kindheit, die Kinderfrau legte mich in einer Weihnachtsnacht schlafen und erzählte mir dabei, daß in dieser Nacht die meisten in unserm Dorf nicht an Schlaf dächten, sondern entweder Karten schlügen oder sich verkleideten und wahrsagten, und manche würden es unter anderm darauf anlegen, einen Heckrubel zu gewinnen. Sie verbreitete sich über das Thema, daß es jenen Menschen, die heute gegangen wären, einen Heckrubel zu erlangen, jetzt wohl sehr greulich zumute sein müsse, denn diesen stünde ja bevor, an einem fernen Kreuzwege Auge in Auge dem Teufel gegenüberzustehen und mit ihm um den Preis einer schwarzen Katze zu feilschen; andererseits freilich hätten diese auch die allergrößten Freuden zu erwarten . . . Wieviel wunderschöne Gegenstände könnte man sich wohl für einen solchen nie aussetzenden Rubel kaufen! Und was ich wohl täte, wenn mir ein solcher Rubel in die Hände fiele! Ich war damals erst acht Jahre alt, aber ich war trotz dieses geringen Alters bereits in Orjol und in Kromy gewesen und kannte einige hervorragende Erzeugnisse der russischen Kunst, die von Kaufleuten gelegentlich des Weihnachtsjahrmarktes in unser Kirchspiel geschafft worden waren.

So wußte ich, daß es auf der Welt sowohl gelbe Lebkuchen mit Honig als auch weiße Lebkuchen mit Zuckerkand gäbe, Sirupstangen und Zuckerln zum Lutschen und außerdem ein Naschwerk, das in unserer Sprache als süße Nudeln bezeichnet wurde; es gab auch gewöhnliche Nüsse und geröstete Nüsse, und für einen reicheren Beutel wurden sogar Rosinen und Datteln herbeigeschafft. Außerdem hatte ich Bilder mit Generälen gesehen und eine Menge anderer Gegenstände, die ich keineswegs alle kaufen konnte, da man mir für meine Einkäufe nur einen gewöhnlichen Silberrubel geben würde und keineswegs einen Heckrubel. Aber da beugte sich die Kinderfrau über mich und flüsterte mir zu, daß heuer alles anders werden müsse, denn meine Großmutter besitze einen solchen Heckrubel, und die habe sich entschlossen, ihn mir zu schenken, freilich müsse ich sehr vorsichtig mit ihm umgehen, um dieser wunderbaren Münze nicht verlustig zu gehen, da sie eine zauberische und höchst eigenwillige Eigenschaft besitze.

»Was für eine?« fragte ich.

»Das wird dir die Großmutter sagen. Jetzt aber schlafe, denn morgen, wenn du aufwachst, wird deine Großmutter dir den Heckrubel bringen und dir sagen, wie du mit ihm umgehen mußt.«

Geschmeichelt von diesem Versprechen bemühte ich mich, augenblicks einzuschlafen, damit nicht das Erwarten des Heckrubels mich zu sehr quäle.

3

Die Kinderfrau hatte mich nicht getäuscht: die Nacht flog wie ein kurzer Augenblick, den ich gar nicht erst richtig bemerkte, vorüber, und schon stand Großmutter in ihrer großen Haube mit den Tüllfalbeln vor meinem kleinen Bettchen und hielt in ihren weißen Händen eine neue, saubere Silbermünze, geprägt in bester und vollkommenster Qualität.

»Nun, da hast du einen Heckrubel«, sagte sie. »Nimm ihn und begib dich in die Kirche. Nach der Messe werden wir alten Leute zu Vater Wassilij, dem Geistlichen, gehen, um bei ihm Tee zu trinken, du aber kannst derweilen allein auf den Jahrmarkt laufen und alles kaufen, wonach du Lust hast. Und wenn du einen Gegenstand erstanden, dann fahr mit der Hand in die Tasche und gib den Rubel her, dieser aber wird sogleich aufs neue in deiner Tasche sein.«

»Freilich«, entgegnete ich, »das weiß ich alles schon.« Und preßte selber den Rubel in meiner kleinen Faust und hielt ihn, so fest ich konnte.

Großmutter fuhr fort: »Der Rubel kehrt zurück, das ist richtig. Das ist seine gute Eigenschaft – und außerdem kann man ihn nie verlieren; andererseits aber hat er noch eine zweite Eigenschaft, die sehr fatal ist: der Heckrubel wird in deiner Tasche so lange nicht ausgehen, solange du nur Gegenstände mit ihm kaufst, die dir oder andern Menschen nötig und nützlich sind; solltest du aber einmal, und sei es auch nur für einen Groschen, etwas völlig Überflüssiges erwerben, so wird dein Rubel im gleichen Augenblick verschwinden.«

»O Großmütterchen«, erwiderte ich, »ich bin Ihnen

sehr dankbar, daß Sie mir das gesagt haben; doch seien Sie davon überzeugt, daß ich schon nicht mehr so klein bin, um nicht zu begreifen, was auf der Welt nützlich und was unnütz ist.«

Großmutter schüttelte den Kopf und meinte lächelnd, daß sie es dennoch bezweifle; allein ich beteuerte, daß ich sehr wohl wisse, wie man zu leben habe, wenn man so reich sei.

»Vortrefflich«, sagte Großmutter, »trotzdem aber sollst du an das denken, was ich dir soeben gesagt.«

»Seien Sie nur ruhig. Sie werden schon sehen, daß ich zu Vater Wassilij einen Haufen der schönsten Einkäufe bringen werde und daß sich mein Rubel dennoch heil und ganz in meiner Tasche befinden wird.«

»Ich werde mich sehr darüber freuen – wir werden ja sehen. Immerhin sollst du nicht zu zuversichtlich sein, und denke daran, daß es keineswegs immer so leicht ist, wie du annimmst, das Notwendige vom Überflüssigen und Dummen zu unterscheiden.«

»Würden Sie nicht in dem Fall so gut sein, mit mir auf den Jahrmarkt zu gehen?

Großmutter willigte ein, allein sie warnte mich zuvor, daß es ihr nicht möglich sein würde, mir dabei Ratschläge zu erteilen oder mich vor Fehlern oder Übereilungen zurückzuhalten, denn jeder, in dessen Besitz ein Heckrubel sei, dürfte von niemand Ratschläge annehmen, sondern müsse sich von seinem eignen Verstande leiten lassen.

»Oh, mein liebes Großmütterchen«, entgegnete ich, »Sie werden auch gar nicht in die Notwendigkeit versetzt werden, mir mit Rat beizustehen – ich werde immer nur Ihr Gesicht anschauen und in Ihren Augen lesen, was nötig ist.«

»Schön, dann laß uns gehen!« Und alsbald schickte Großmutter eines unserer Mädel zu Vater Wassilij und ließ sagen, sie werde ein wenig später zu ihm kommen, und so begaben wir beide uns denn auf den Jahrmarkt.

4

Das Wetter war vortrefflich – ein leichter Frost mit geringer Feuchtigkeit; in der Luft roch es nach weißen Bauernstrümpfen, Lindenbast, Hirse und Lammfellen. Es war eine Menge Volk zusammengeströmt, und alle trugen das Beste, was sie hatten. Die Buben aus den reicheren Familien hatten alle von ihren Vätern für ihre kleinen Ausgaben je einen Groschen erhalten und diese Kapitale bereits auf den Erwerb von tönernen Pfeifchen verwandt, auf denen sie ein ganz vertracktes Konzert aufführten. Die ärmeren Kinder dagegen, die keinen Groschen erhalten hatten, standen vor dem Zaun und leckten sich nur neidisch die Lippen. Ich sah, daß sie ebenfalls den heißen Wunsch hegten, ähnliche Musikinstrumente zu besitzen, um aus ganzer Seele mit der allgemeinen Harmonie zu verschmelzen, und . . . ich blickte Großmutter an . . .

Tönerne Pfeifchen konnte man nicht gerade als notwendig bezeichnen, und nützlich waren sie schon keineswegs, allein in dem Gesicht meiner Großmutter las ich nicht den geringsten Tadel wegen meiner Absicht, jedem dieser armen Kinder ein Pfeifchen zu kaufen. Im Gegenteil, das gütige Antlitz der Greisin drückte eher eine gewisse Befriedigung aus, die ich als Billigung ansah: und sogleich versenkte ich meine Hand in die Tasche und zog aus dieser meinen Heckrubel hervor und kaufte eine ganze Schachtel solcher Pfeifchen und erhielt sogar noch ein wenig Kleingeld zurück. Als ich dieses in meine Tasche tat, tastete ich mit der Hand und merkte, daß mein Heckrubel heil und ganz war und sich wieder an seinem Platze befand, genau wie vor dem Einkauf. Und doch hatten alle Kinder ihre Pfeifchen erhalten, und selbst die ärmsten unter ihnen waren plötzlich genauso glücklich wie die reicheren und pfiffen aus aller Kraft, Großmutter und ich aber gingen weiter, und sie sagte zu mir: »Du hast recht gehandelt, denn auch die armen Kinder müssen spielen und lustig sein, und wer die Möglichkeit hat, ihnen zu einer Freude zu verhelfen, der soll stets vor allem bestrebt sein, diese Möglichkeit auszuführen. Fahre denn zum Beweis, daß ich recht habe, noch einmal mit der Hand in deine Tasche und schau nach, wo dein Heckrubel ist.«

Ich fuhr mit der Hand hinein und ... mein Heckrubel befand sich in meiner Tasche.

Aha, dachte ich, jetzt habe ich also verstanden, wie die Sache liegt, und kann mutiger vorgehen.

5

Nun begab ich mich zu einem Laden, in welchem Zitz und Tücher feilgehalten wurden, und kaufte für jedes unserer Mädel ein Tüchlein, der einen ein rosafarbenes, der andern ein himmelblaues, für die alten Frauen aber kaufte ich himbeerfarbene Kopftücher; aber noch ein jedes Mal, wenn ich die Hand in die Tasche senkte, um die Bezahlung hervorzuziehen, war mein Heckrubel an seinem Platz. Darauf kaufte ich für die Tochter unserer Beschließerin, die demnächst heiraten sollte, zwei Schnallen aus Karneol und wurde dabei ein wenig unruhig; allein Großmutter zeigte nach wie vor eine gute Miene, und so befand sich denn auch nach diesem Einkauf mein Rubel wohlbehalten in meiner Tasche.

»Für eine Braut gehört es sich, sich zu putzen«, sagte Großmutter, »dies ist ein ereignisreicher Tag im Leben eines jeden Mädchens, und es ist sehr lobenswert, wenn man sie erfreut – denn wenn der Mensch sich freut, betritt er mutiger den neuen Lebenspfad, und es hängt doch so viel vom ersten Schritt ab. Du hast sehr wohl getan, die bedürftige Braut zu erfreuen!«

Darauf kaufte ich auch für mich selber eine große Menge von Süßigkeiten und Nüssen, in einem anderen Laden aber erstand ich ein dickes Buch »Der Psalter«, genau das gleiche, das stets auf dem Tisch unserer Viehwärterin gelegen hatte. Die arme Alte hatte dieses Buch sehr geliebt, allein zum Unglück war das Buch auch nach dem Geschmack eines Zuchtkälbchens gewesen, das mit der Viehwärterin die Hütte teilte. Das Kälbchen hatte leider viel zuviel freie Zeit gehabt und diese damit verbracht, in einer glücklichen Stunde des Müßiggangs die Ecken sämtlicher Blätter des Psalters abzuknabbern. Somit war die arme Alte des Vergnügens beraubt worden, die Psalmen, aus denen sie für sich selber Trost schöpfte, zu lesen oder zu singen, und jammerte sehr über den Vorfall.

Ich war davon überzeugt, daß ich, indem ich ihr dieses neue Buch an Stelle des verlorenen alten kaufte, keine leere und überflüssige Tat verrichtete, und so war es denn auch: als ich meine Hand in die Tasche senkte, war mein Rubel aufs neue an seinem Ort.

Die Zahl meiner Einkäufe wurde immer größer, und der Rahmen, in dem ich sie vollzog, wurde von mir immer weiter gesteckt – ich kaufte einfach alles, was meiner Ansicht nach notwendig war, ja, ich kaufte sogar Dinge, die mir schon fast allzu riskant erschienen, so zum Beispiel kaufte ich unserm jungen Kutscher Konstantin einen reichverzierten Hüftgurt und unserm lustigen Schuhmacher Jegor eine Harmonika. Und trotzdem blieb der Rubel da, obwohl ich das Antlitz der Großmutter schon gar nicht mehr betrachtete und den Ausdruck ihrer Mienen nicht mehr befragte. Ich selber war jetzt der Mittelpunkt des Ganzen – alles blickte mich an, alle folgten mir und sprachen über mich.

»Schaut doch nur unsern jungen Herrn an! Er ist für sich allein in der Lage, den ganzen Jahrmarkt zu kaufen, denn ihr müßt wissen, daß er einen Heckrubel besitzt.«

Ich selber aber fühlte etwas Neues und bis zu jener Zeit mir unbekannt Gebliebenes in mir aufsteigen. Ich wünschte, daß alle sich mit mir beschäftigten, alle hinter mir drein gingen und daß alle von mir sprächen, wie klug ich sei, wie reich und gütig.

Und da wurde es mir unruhig zumute und langweilig.

6

Um die gleiche Zeit jedoch näherte sich mir plötzlich, weiß Gott von wo, der dickbäuchigste von allen Jahrmarktshändlern, nahm die Mütze ab und redete mich an: »Ich bin der Dickste von allen und erfahrener als alle, und mich können Sie nicht täuschen. Ich weiß, daß Sie alles kaufen können, was sich hier auf dem Jahrmarkt befindet, denn Sie haben einen Heckrubel. Wenn man einen solchen hat, ist es kein Kunststück, das ganze Kirchspiel in helles Erstaunen zu versetzen, und trotzdem gibt es dennoch etwas, was Sie nicht einmal mit diesem Rubel kaufen können.«

»Gewiß, wenn es ein unnützer Gegenstand ist, so werde ich ihn natürlich nicht kaufen.«

»Was heißt das ›unnützer‹? Würde ich Ihnen denn davon sprechen, wenn er unnütz wäre? Schauen Sie sich lieber um und beachten Sie, von wem wir umringt werden, obwohl Sie doch einen Heckrubel haben. Sie haben für sich selber nichts als Süßigkeiten und Nüsse gekauft, den andern dagegen eine Unmenge nützlicher Gegenstände, und nun schauen Sie, wie diese Ihre Wohltaten vergelten; schon jetzt haben alle Sie vergessen.«

Ich sah mich um und gewahrte zu meinem äußersten Erstaunen, daß der dickbäuchige Kaufmann und ich allerdings ganz allein dastanden und daß keine Sterbensseele sich in unserer Nähe befand. Großmutter war ebenfalls nicht da, ich hatte sie allerdings schon vorher vergessen, die anderen Jahrmarktbesucher aber hatten sich verzogen und umringten jetzt einen langen und hageren Mann, der über seinem Halbpelz eine lange gestreifte Weste trug, die mit glasähnlichen Knöpfen besetzt war, von denen, wenn er sich bewegte und zur Seite wandte, ein schwaches, trübes Flimmern ausging.

Das war alles, was an dem langen mageren Menschen anziehend sein konnte, und dennoch zogen die andern hinter ihm her und gafften ihn an, als wäre er die allermerkwürdigste Naturerscheinung.

»Ich kann nichts Besonderes an ihm gewahren«, sagte ich zu meinem neuen Gefährten.

»Mag sein, allein Sie müssen doch sehen, wie das allen gefällt. Und schauen Sie nur, auch Ihr eigner Kutscher Konstantin mit seinem geckenhaften Gurt folgt ihm, und der Schumacher Jegor mit der Harmonika, und die Braut mit den Schnallen, und sogar die alte Viehmagd mit ihrem neuen Buch. Gar nicht erst zu reden von den Kindern mit den Pfeifchen.«

Ich blickte mich um, in der Tat, alle diese umstanden den Mann mit den glasähnlichen Knöpfen, und alle Buben pfiffen auf ihren Pfeifchen seinen Ruhm.

In mir regte sich das Gefühl des Verdrusses. Es schien mir schrecklich kränkend zu sein, und ich fühlte alsbald, daß es meine Pflicht und meine Berufung wäre, mich über den Mann mit den Glasstückchen zu erheben.

»Denken vielleicht auch Sie, daß ich mich nicht über ihn erheben kann?«

»Ja, das denke ich«, entgegnete der Wanst.

»Schön, dann werde ich Ihnen sogleich beweisen, daß Sie im Irrtum sind!« rief ich, lief eilig auf den Mann, der die Weste über dem Halbpelz trug, zu und fragte ihn: »Hören Sie, wollen Sie mir nicht ihre Weste verkaufen?«

7

Der Mann mit den Glasscherben drehte sich im Sonnenlichte zu mir um, so daß von den Knöpfen auf seiner Weste ein trübes Flimmern ausging, und erwiderte: »Einverstanden, ich bin mit großer Genugtuung bereit, sie Ihnen zu verkaufen, freilich ist sie sehr teuer.«

»Bitte, sich deswegen nicht zu sorgen; sagen Sie mir schnell den Preis Ihrer Weste.«

Er aber lächelte verschmitzt und meinte: »Ich kann nicht verhehlen, daß Sie noch sehr unerfahren sind, wie es sich für Ihr Alter gehört. – Sie scheinen nicht ganz zu verstehen, worum es sich handelt. Was meine Weste betrifft, die kostet gar nichts, denn weder leuchtet noch wärmt sie, und darum will ich sie Ihnen gern umsonst geben, aber Sie werden mir einen Rubel für jedes der an die Weste gehefteten Glasknöpfchen bezahlen, denn obwohl diese Knöpfchen ebenfalls weder leuchten noch wärmen können, vermögen sie doch auf einen Augenblick ein wenig zu flimmern, und dieses gefällt allen Leuten sehr.«

»Schön«, versetze ich, »ich will Ihnen einen Rubel für jeden ihrer Knöpfe geben. Ziehen Sie schnell die Weste aus.«

»Nein, belieben vielmehr Sie zuvor das Geld aufzuzählen.«

»Auch gut.«

Ich steckte die Hand in die Tasche und zog meinen einen Rubel hervor, allein als ich mit der Hand zum zweiten Male hineinfuhr, da ... da war meine Tasche leer ... Mein Heckrubel war nicht mehr zurückgekehrt ... er war verloren ... er war verschwunden ... er war nicht mehr da, und dabei schauten alle rings mich an und lachten mich aus.

Ich brach in bittere Tränen aus und ... ich erwachte.

8

Es war Morgen; vor meinem Bettchen stand Großmutter in ihrer großen Haube mit den Tüllfalbeln und hielt in der Hand einen nagelneuen Silberrubel, der das übliche Weihnachtsgeschenk bildete, das sie mir bescherte.

Da begriff ich, daß alles, was ich erblickt, sich nicht in Wahrheit, sondern nur im Traum zugetragen, und eilte, ihr zu erzählen, aus welchem Grunde ich geweint hätte.

»Dein Traum ist gut«, sagte Großmutter, »besonders wenn du ihn richtig verstehen wolltest. In allen Märchen und Fabeln liegt immer ein besonderer verborgener Sinn begraben. Der Heckrubel – er ist meiner Ansicht nach jenes Talent, das die Vorsehung jedem Menschen bei seiner Geburt verleiht. Dieses Talent entwickelt sich und wächst, wenn es dem Menschen, der auf dem Kreuzweg von vier Straßen steht, von denen eine ganz augenscheinlich zum Friedhof führen muß, gelingt, Munterkeit und Kraft in sich zu erhalten. Der Heckrubel, das ist jene Kraft, die der Wahrheit und Tugend zum Nutzen der Menschheit zu helfen hat und worin für einen Menschen mit einem gütigen Herzen und klaren Verstande die allerhöchste Genugtuung steckt. Denn was immer ein solcher für das wahrhafte Glück seiner Nächsten tut, wird niemals seinen geistigen Reichtum vermindern, sondern im Gegenteil – je mehr ein solcher aus seiner Seele schöpft, um so reicher wird diese. Der Mann in der Weste, die er über dem warmen Halbpelz trug, ist die Eitelkeit, denn eine Weste über den Halbpelz ist nicht nützlich, wie es auch nicht nötig ist, daß die andern uns folgen und uns preisen. Eitelkeit verdüstert den Verstand. Nachdem du einiges erreicht, und zwar sehr wenig im Vergleich mit dem, was du im Besitz dieses nie auszugebenden Rubels hättest erreichen können, warst du bereits hochmütig geworden und hattest dich von mir abgewandt, von mir, die ich in deinem Traum die Lebenserfahrung darstellte. Es war nicht mehr dein vornehmster Wunsch, den anderen Gutes zu tun, sondern du wolltest, es sollten dich alle anschauen und dich preisen. Du wünschtest die völlig überflüssigen Glassplitter zu haben, und so schmolz dein Rubel hin. So gehörte es sich auch, und ich freue mich für dich, daß du eine solche Lehre im Traum erhalten hast. Ich wünschte sehr, daß dieser weihnächtliche Traum in deiner Erinnerung haften bliebe. Jetzt aber laß uns zur Kirche gehen, und dann wollen wir nach der Messe alles das kaufen, was du in deinem Traumgesicht für die bedürftigen Menschen gekauft hast.«

»Mit Ausnahme von einem, teures Großmütterchen.«

Großmutter lächelte nur und sagte: »Gewiß, ich weiß, daß du die Weste mit den gläsernen Knöpfen jetzt nicht mehr kaufen wirst.«

»Nein, und ich will auch die Näschereien nicht mehr kaufen, die ich im Traum für mich selber gekauft.«

Großmutter überlegte eine Weile und sprach dann: »Ich sehe die Notwendigkeit nicht ein, daß du auf dieses geringe Vergnügen verzichten willst, allein ... wenn es dein Wunsch ist, mit diesem Verzicht ein viel größeres Glück zu erkaufen, dann ... dann begreife ich dich ...«

Und plötzlich hielten wir beide uns umarmt und sagten einander nichts mehr, sondern brachen in Tränen aus. Großmutter hatte ja erraten, daß ich beschlossen hatte, all mein kleines Geld an diesem Tage nicht für mich auszugeben. Und als ich meine Absicht dann wirklich ausgeführt, erfüllte sich mein Herz mit einer Freude, wie ich sie bis dahin noch nie verspürt hatte. In dieser Einbuße kleiner Vergnügen zum Wohle der anderen empfand ich zum erstenmal das, was die Menschen mit dem hinreißenden Wort *das volle Glück* bezeichnen, den Zustand, da man wunschlos geworden ist.

Und so kann ein jeder in seiner gegenwärtigen Lage versuchen, mein Experiment zu wiederholen, und ich bin überzeugt, daß er in meinen Worten keine Unwahrheit, sondern die aufrichtigste Wahrheit finden wird.

Ein kleiner Fehler

Das Geheimnis einer Moskauer Familie

1

Eines Abends in der Weihnachtszeit unterhielt man sich in einer gescheiten Gesellschaft über Glauben und Unglauben. Freilich handelte es sich hierbei nicht etwa um die erhabenen Fragen des Deismus oder Materialismus, sondern mehr um den Glauben an Menschen, begabt mit besonderen Kräften der Vorhersehung oder Prophezeiung und vielleicht sogar Wundertäter in ihrer Art. Unter den Plaudernden befand sich ein gesetzter Moskauer Mann, der folgendes zu sagen hatte:

»Meine Herren, es ist keineswegs leicht, ein Urteil darüber zu fällen, wer es mit dem Glauben hält und wer nicht glaubt, dieweil man im Leben verschiedene Beispiele kennt; es kommt nämlich vor, daß unser Verstand in solchen Fällen in Irrtümer fallen kann.«

Und nach dieser Einleitung erzählte er uns eine merkwürdige Geschichte, die ich mit seinen Worten wiederzugeben bemüht sein werde:

Mein Onkel und meine Tante glaubten auf gleiche Weise an den verstorbenen Wundertäter Iwan Jakowlewitsch. Insbesondere mein Tantchen begann nichts, bevor sie ihn nicht darüber befragt hatte. Sie pflegte ihn zuerst im Irrenhaus aufzusuchen und sich mit ihm zu beraten, danach aber bat sie ihn, für ihre Angelegenheit zu beten. Mein Onkel, ein verständiger Mann, verließ sich weniger auf Iwan Jakowlewitsch, manchmal indes vertraute er ihm doch und hinderte niemand, ihm Gaben und Opfer darzubringen. Sie waren keine reichen Leute, doch recht vermögend, sie trieben Handel mit Tee und Zucker in einem Laden im eigenen Hause. Söhne hatten sie nicht, hingegen drei Töchter: Kapitolina Nikitischna, Katerina Nikitischna und Olga Nikitischna. Alle recht hübsch und kannten sich gut in mancherlei Arbeiten und in der Sorge ums Hauswesen aus. Kapitolina Nikitischna war verheiratet, freilich nicht mit einem Kaufmann, sondern mit einem Maler, einem sehr braven Mann jedoch, der genügend verdiente – er bewarb sich stets um lukrative Aufträge, zur Ausmalung ganzer Kirchen. Eines freilich war der ganzen Verwandtschaft nicht recht: daß er mit göttlichen Arbeiten beschäftigt war und dabei allerlei Freigeisterei aus Kurganows »Geschichtenschatz« kannte. Er liebte es, vom Chaos zu sprechen, von Ovidius, von Promitèus und hatte eine besondere Neigung, Fabeln und Sittenschilderung gleichzustellen. Ohne diesen Umstand wäre alles in bester Ordnung gewesen. Und zweitens – sie hatten keine Kinder, was Onkel und Tantchen recht bekümmerte. Da hatten sie nun ihre erste Tochter heiraten lassen, und plötzlich blieb die drei Jahre hindurch kinderlos. Dafür freilich schwirrte es nur so von Freiern um die beiden anderen.

Tantchen fragte den Iwan Jakowlewitsch, warum ihre Tochter kein Kind bekäme: »Wo sie doch beide«, sagte sie, »hübsch und jung sind, also wieso keine Kinder?«

Iwan Jakowlewitsch lallte:

»Dieweil vom Himmel das Himmlische; es ist ein Himmel der Himmel.«

Seine Deuterinnen übersetzten das der Tante. Väterchen befehle, sagten sie, ihrem Schwiegersohn auszurichten, er möge zu Gott beten, weil er offenbar zu wenig Glauben habe.

Tantchen ächzte nur: »Ihm«, sagte sie, »ist alles offenbar!« Und setzte alsbald dem Maler zu, er möge zur Beichte gehen; dem aber war alles völlig Wurst. Der nahm alles auf die leichte Schulter ... er aß sogar in der Fastenzeit Fleischernes ... und außerdem hatte man ihnen zugetragen, daß er sich sogar vor Würmern und Austern nicht scheue. Sie lebten alle im gleichen Hause und waren häufig darüber bekümmert, daß es in ihrer kaufmännischen Verwandtschaft so einen Mann ohne Glauben gebe.

2

Somit begab sich Tantchen zu Iwan Jakowlewitsch, um ihn darum zu bitten, daß er seine Dienerin Kapitolina fruchtbar mache und seinen Diener Larij (so hieß der Maler) durch Glauben erleuchte.

Onkel wie Tantchen baten beide um das gleiche.

Iwan Jakowlewitsch lallte etwas, was man überhaupt nicht verstehen konnte, seine dienenden Weiberchen aber, die ständig um ihn herum waren, erläuterten es:

»Er ist heute unverständlich«, sagten sie. »Sie jedoch sollten uns sagen, worum Sie bitten, und das wollen wir ihm morgen auf einem Notizzettel vorlegen.«

Tantchen hub an zu berichten und jene notierten: »Der Dienerin Gottes Kapitolina den Mutterleib öffnen, dem Knecht Gottes Larij aber den Glauben vertiefen.«

Die alten Leute ließen diesen Bittzettel da und schritten mit lustigen Füßen nach Hause.

Daheim sagten sie keinem ein Sterbenswörtchen, außer einzig der Kapotschka, und auch der nur mit dem Vorbehalt, sie dürfe ihrem Gatten, dem ungläubigen Maler, nichts davon vermelden, solle vielmehr mit ihm möglichst zärtlich und harmonisch umgehen und trachten, daß er an Iwan Jakowlewitsch glauben möge. Er war aber ein schrecklicher Teufelsager und hatte stets muntere Redensarten bereit, gleichsam ein Gaukler von der Pressnja. Nichts als Späße und Anzüglichkeiten. Wenn er in der Dämmerung zum Schwiegervater kam, sagte er: »Gehen wir, das Stundenbuch mit den zweiundfünfzig Blättern studieren«, das heißt: Karten spielen . . . Oder er setzte sich und sagte: »Nur unter der Bedingung, daß wir bis zur ersten Ohnmacht spielen.«

Tantchen, also die konnte solche Worte nicht hören. Der Onkel sagte ihm dann: »Mach sie nicht traurig, sie liebt dich und hat für dich ein Gelübde getan.« Er aber lachte nur und sagte zur Schwiegermutter:

»Was geben Sie bloß für unbekannte Versprechungen? Oder wissen Sie vielleicht nicht, daß durch solche Versprechungen das Haupt Johannes des Täufers abgehauen wurde? Schauen Sie nur zu, daß nicht am Ende gar in unserem eigenen Hause ein unverhofftes Unglück eintritt.«

Das erschreckte die Schwiegermutter noch mehr, und so lief sie bald jeden Tag aufgeregt ins Irrenhaus. Dort beruhigte man sie, man sagte ihr, es wäre alles in guter Ordnung: das Väterchen lese jeden Tag den Bittzettel, und was jetzt dort aufgezeichnet stünde, würde nur allzu bald wahr werden.

Und es wurde auch plötzlich wahr, aber es war so etwas, was man nicht gerne ausspricht.

3

Da kam also zum Tantchen ihre mittlere Tochter, die Jungfrau Katetschka, und kniete direkt vor ihr nieder und schluchzte und weinte bitterlich.

Tantchen zu ihr:

»Was hast du, hat dich wer gekränkt?«

Jene aber antwortete mit Schluchzen:

»Liebes Mütterchen, und ich weiß selber nicht mal, was das ist und wieso ... zum ersten- und zum letztenmal ist es geschehen ... Und nur vor Väterchen, ach vor dem verbergen Sie meine Sünde.«

Tantchen sah sie nur an und tippte mit dem Finger auf ihren Bauch und sagte:

»Handelt es sich um das?«

Katetschka entgegnete:

»Ja, Mamachen ... und wie haben Sie das nur erraten ... wo ich doch selber nicht weiß, wieso ...«

Tantchen ächzte nur und schlug die Hände zusammen.

»Mein Kind«, sagte sie darauf, »grüble nicht weiter darüber nach: es könnte sein, daß ich selber schuld an dem Fehler bin, ich werde gleich hinfahren, es in Erfahrung zu bringen.« Und flog alsbald mit einer Droschke zu Iwan Jakowlewitsch.

»Zeigen Sie mir«, sagte sie, »meinen Zettel mit unserer Bitte, wo draufsteht, daß das Väterchen beten soll, der Dienerin Gottes eine Leibesfrucht zu vermitteln: was steht dort geschrieben?

Die Knickserinnen suchten auf dem Fensterbrett nach und händigten ihn ihr aus.

Tantchen warf nur einen Blick darauf und kam fast um

den Verstand. Was meinen Sie wohl? In der Tat war alles nach einem fehlerhaften Gebet eingetroffen: dieweil dort statt der verheirateten Dienerin Gottes Kapitolina zu lesen war: die Dienerin Gottes Katerina, noch unvermählt, eine Jungfrau.

Die Weiberchen sprachen:

»Das ist doch keine Sünde! Wo doch die Namen einander so ähnlich sehen ... aber es macht nichts aus, das kann man noch *in Ordnung bringen.*«

Tantchen dagegen dachte: nein, ihr schwindelt, jetzt könnt ihr das nicht mehr in Ordnung bringen: das Gebet für Katja ist schon erhört worden – und sie zerriß das Papier in winzige Stücke.

4

Die Hauptsache: sie fürchteten, wie man es Onkel beibringen sollte. Der war nämlich ein Mann, der, wenn er außer sich geriet, nur schwer zurückzuhalten war. Zudem liebte er Katja weniger als die anderen, seine Lieblingstochter war Olenka, die jüngste, der hatte er am meisten von allen zugedacht.

Tantchen überlegte hin und her, doch wurde ihr nur das eine klar, daß man mit dem Verstand allein dieser Not nicht Herr werden könne – so rief sie den Schwiegersohn, den Maler, zu Rat und eröffnete ihm alles in allen Einzelheiten und fragte ihn hierauf:

»Du bist zwar ein Ungläubiger«, sagte sie, »aber es könnte trotzdem sein, daß auch in dir Gefühle vorhanden sind, und da bitte ich dich, hilf der Katja, und steh mir bei, ihre Mädchensünde zu verbergen.«

Der Maler doch runzelte plötzlich die Stirn und sagte streng:

»Verzeihen Sie bitte, Sie sind zwar die Mutter meiner Frau, aber erstens kann ich auf den Tod nicht leiden, daß man mich für einen Ungläubigen hält, und zum anderen verstehe ich nicht, wieso Sie Katja eine Sünde ankreiden, wenn Iwan Jakowlewitsch doch so lange Zeit für sie gebetet hat? Ich empfinde für Katetschka alle denkbaren brüderlichen Gefühle und werde für sie eintreten, dieweil sie hierbei in nichts schuldig geworden ist.«

Tantchen biß sich auf die Finger und weinte, dann sagte sie:

»Na, na . . . wirklich in nichts schuldig?«

»Versteht sich, in nichts. Das hat Ihr Wundertäter alles verkohlt, rechnen Sie also mit dem ab.«

»Wie soll ich mit ihm abrechnen! Wo er doch ein Gerechter ist.«

»Alsdann, wenn er ein Gerechter ist, dann schweigen Sie. Und schicken Sie mir durch Katja drei Flaschen Champagnerwein.«

Tantchen fragte zurück:

»Was sagen Sie?«

Jener aber wiederholte:

»Drei Flaschen Champagner – die eine auf der Stelle in meine Gemächer, die zwei anderen später, wenn ich sie anfordere, doch sehen Sie zu, daß sie im Hause sind und daß sie auf Eis gestellt werden.«

Tantchen blickte ihn nur an und nickte mit dem Kopf.

»Gott mit dir«, sagte sie, »und da meinte ich doch, daß du nur ungläubig seist, du bildest jedoch heilige Antlitze ab und bist dabei ohne jedes Gefühl . . . Darum kann ich vor deinen Ikonen auch keine Demut empfinden.«

Jener aber erwiderte:

»Nein, was den Glauben anbetrifft, hören Sie auf: mir scheint, daß Sie im Glauben schwanken und immer nur an das Natürliche denken, als ob bei Katja der Grund zu allem zu suchen sei, ich aber glaube fest daran, daß der Grund zu all dem allein bei Iwan Jakowlewitsch liegt; und meine Gefühle werden Sie sehen, wenn Sie mir durch Katja den Champagner in meine Werkstatt bringen lassen.«

5

Tantchen dachte hin und dachte her und schickte schließlich dem Maler den Wein, und zwar durch Katetschka selber. Die trat, ganz in Tränen, mit dem Tablett bei ihm ein, er aber sprang auf, faßte ihre beiden Hände und brach selber in Tränen aus.

»Es macht mir so viel Kummer, mein Täubchen«, sagte er, »was dir zugestoßen ist, aber jetzt ist keine Zeit, zu dösen, rücke lieber so schnell als möglich mit all deinen Heimlichkeiten heraus.«

Da enthüllte ihm die Jungfrau, was sie für Dummheiten gemacht habe, er jedoch führte sie in sein Atelier und sperrte es fest ab.

Tantchen empfing den Schwiegersohn mit verweinten Augen und schwieg. Aber er umarmte sie, küßte sie und sagte:

»Haben Sie keine Angst, weinen Sie nicht. Gott wird uns vielleicht helfen.«

»So sage mir zum mindesten«, raunte Tantchen: »wer schuld an allem ist?«

Der Maler drohte ihr nur zärtlich mit dem Finger und sagte:

»Also das ist gar nicht recht: mir machen Sie beständig Vorwürfe, daß ich ungläubig wäre, jetzt aber, da Ihrem Glauben eine Prüfung zustößt, sehe ich, daß Sie selber kein bißchen gläubig sind. Ist Ihnen denn nicht klar, daß es keine Schuldigen gibt, sondern daß dem Wundertäter einfach ein kleiner Fehler unterlaufen ist.«

»Und wo ist meine arme Katetschka?«

»Die habe ich mit der schlimmsten künstlerischen Beschwörung beschworen, und da ist sie wie ein Schatz nach dem Amen zu Staub zerfallen.«

Und wies selber der Tante den Schlüssel vor.

Tantchen erriet, daß er das Mädchen vor dem ersten väterlichen Zorn verborgen habe, und umarmte ihn.

Und raunte:

»Verzeih mir – du verfügst freilich über zarte Gefühle.«

6

Der Onkel erschien, trank nach seiner Gewohnheit Tee und sagte:

»Alsdann wollen wir das Stundenbuch mit den zweiundfünfzig Blättern lesen.«

Sie setzten sich. Die Hausgenossen aber schlossen alle Türen ringsum zu und gingen auf Zehenspitzen. Tantchen jedoch lief bald von der Türe weg, bald wieder trat sie heran – und horchte immer und bekreuzigte sich.

Endlich klirrte dort was . . . Da lief sie gleich fort und versteckte sich.

»Hat es gesagt«, sagte sie, »hat das Geheimnis offenbart! Und jetzt wird gleich die Hölle los sein.«

Und wahrhaftig: mit einemmal ging die Tür auf, und der Onkel schrie:

»Meinen Pelz und den großen Stock!«

Der Maler zog ihn am Arm zurück und sagte:

»Was hast du? wohin willst du?«

Der Onkel:

»Ich will ins Irrenhaus fahren, den Wundertäter verhauen!«

Tantchen stöhnte hinter einer anderen Tür:

»Lauft«, sagte sie, »lauft schnell ins Irrenhaus, damit man Väterchen Iwan Jakowlewitsch verstecke!«

Und in der Tat, der Onkel hätte ihn bestimmt verhauen, indes der Schwiegersohn und Maler hielt ihn kraft seines Glaubens auch hiervon zurück.

7

Denn der Schwiegersohn erinnerte den Schwiegervater daran, daß dieser doch noch eine Tochter habe.

»Macht nichts«, sagte der darauf, »die hat ihr eigenes Los, ich aber will den Koreischa hauen. Und mag man mich dann hinterher verurteilen.«

»Ich will dir gar nicht«, sagte der andere, »mit dem Gericht bange machen, aber überlege lieber: wieviel Unheil kann Iwan Jakowlewitsch der Olga zufügen. Es ist doch ganz gräßlich, was du dabei riskierst!«

Der Onkel blieb stehen und wurde nachdenklich:

»Ja wieso«, sagte er, »und was für ein Unheil könnte er ihr zufügen?«

»Na, genau das gleiche doch, was er der Katetschka an Unheil zugefügt hat.«

Da schaute der Onkel nur so und meinte:

»Hör auf mit dem Quatsch! Liegt das denn in seiner Macht?«

Der Maler aber entgegnete:

»Also, wenn du, wie ich sehe, ein Ungläubiger bist, dann tu, was du für gut hältst, aber jammere hinterher nicht, und schwärze keine armen Mädchen mehr an.«

Da schwieg der Onkel. Und der Schwiegersohn zog ihn ins Zimmer zurück und begann auf ihn einzureden.

»Meiner Ansicht nach«, sagte er, »wäre es besser, den Wundertäter beiseite zu lassen und diese Angelegenheit mit Hausmitteln zurechtzubiegen.«

Der Alte stimmte zu, nur wußte er nicht recht, wie man das in Ordnung bringen solle, doch der Maler und Schwiegersohn half ihm auch hierbei und sagte:

»Gute Gedanken soll man nicht im Zorn finden, sondern im Vergnügen.«

»Ja wie denn«, entgegnete jener, »was denn, Brüderlein, für ein Vergnügen bei so einer Geschichte?«

»Na, ich meine, da habe ich doch zwei Glasphiolen mit Brausewasser stehen, und solange du die nicht mit mir austrinkst, werde ich kein Sterbenswörtchen mehr sprechen. Sag, daß du einverstanden bist. Denn du weißt ja, was für einen Charakter ich habe.«

Da schaute ihn der Alte an und sagte:

»Also los, her damit! Und was wird das weiter geben?« Im übrigen war er einverstanden.

8

Da traf der Maler geschwind seine Anordnungen und kam zurück und hinter ihm schritt sein Meister, ein junger Künstler, mit einem Tablett, und darauf standen zwei Flaschen mit den Gläsern.

Kaum waren sie eingetreten, da sperrte der Maler die Tür hinter sich zu und steckte den Schlüssel in die Tasche. Der Onkel sah ihn nur an und begriff sogleich alles, der Schwiegersohn aber nickte dem Künstler zu, und der stellte sich demütig als Bittsteller auf.

»Meine Schuld – verzeihen Sie, und geben Sie Ihren Segen.«

Der Onkel fragte den Schwiegersohn nur:

»Kann man ihn hauen?«

Der Schwiegersohn:

»Man kann schon, ist aber nicht notwendig.«

»Dann soll er wenigstens vor mir niederknien.«

Der Schwiegersohn flüsterte dem Künstler ins Ohr:

»Also knie des geliebten Mädchens wegen vor dem Vater nieder.«

Das tat jener.

Der Alte brach in Tränen aus.

»Liebst du sie wirklich sehr?« sagte er.

»Ich liebe sie.«

»Na, dann küß mich.«

Auf diese Weise wurde der kleine Fehler des Iwan Jakowlewitsch vertuscht. Und alles blieb in wohltätiger Heimlichkeit, und die Freiersleute umschwirrten die jüngere Tochter, dieweil sie ja sahen: es waren zuverlässige Mädchen.

Das Perlenhalsband

In einer gebildeten Familie saßen beim Tee einige ihrer Freunde und sprachen über Literatur: über Erfindung, über Handlung. Sie bedauerten, daß das alles bei uns immer blasser und blasser werde. Da führte ich eine höchst charakteristische Äußerung des verstorbenen Pissemskij an, welcher behauptete, jenes Verarmen der Literatur hänge vor allem mit der Zunahme der Eisenbahnen zusammen, die zwar dem Handel sehr förderlich, der Dichtung jedoch schädlich seien.

»Jetzt reist der Mensch zwar viel, doch rasch und unbehindert«, pflegte Pissemskij zu sagen: »Daher unterliegt er keinen kräftigen Eindrücken, hat auch keine Zeit zum Beobachten – alles gleitet vorbei; daher die Dürftigkeit. Ehemals aber, wenn du von Moskau nach Kostroma reistest, mit einem für die ganze Strecke geheuerten Fuhrmann im allgemeinen Tarantas, oder auch mit streckenweis fahrenden Kutschern, da mochtest du's treffen, daß der Mann ein Schuft war, die Mitreisenden aber freche Kerle; im Kruge mochte der Hausknecht ein Spitzbube sein, die Köchin gar eine Schlampe, was konntest du da nicht alles an Mannigfaltigstem erleben. Und wenn du dann gar die Geduld verlorst – du hast in der Sauerkrautsuppe irgendwas Abscheuliches gefunden, beschimpfst das Küchenweib, und sie gibt dir's mit Schande zehnfach wieder – dann erhieltest du Eindrücke, die du ganz einfach nicht mehr loswurdest. Ja, dann gingen sie dir nur so auf, wie ein vierundzwanzig Stunden alter Hefeteig – und ebenso dicht und üppig schwoll und quoll es dir auch ganz selbstverständlich in deiner Dichtung. Jetzt aber geht alles ganz eisenbahnmäßig vor sich; nimm den Teller und frage nicht; iß, zum Kauen gibt's keine Zeit; din – din – din – das Abfahrtssignal, fertig! Wieder fährst du, und von allen Eindrücken bleibt dir nur der, daß der Kellner dich beim Geldwechseln übers Ohr gehauen, dich mit ihm aber nach Herzenslust auszuzanken, dazu hattest du schon nicht mehr Zeit.«

Ein Gast bemerkte hierauf, Pissemskij sei zwar ein Original, doch habe er unrecht, und führte Dickens als Beispiel an, der in einem Lande geschrieben, wo sehr geschwind gereist werde, nichtsdestoweniger habe er jedoch viel gesehen und beobachtet; seine Erzählungen litten keineswegs an dürftigem Inhalt. Eine Ausnahme bildeten nur seine Weihnachtserzählungen (Christmas tales). Gewiß seien auch sie sehr schön, doch seien sie einförmig. Allerdings dürfe man das nicht dem Verfasser zur Last legen, denn diese Erzählungen gehörten einer Dichtungsgattung an, bei der der Schriftsteller sich als Sklave der allzu engen und allzu regelmäßig begrenzten Form fühlen müsse. Von einer Weihnachtserzählung werde nämlich unbedingt verlangt, daß sie irgendwie auf die Begebenheiten der Abende zwischen der Weihnacht und Epiphanias gemünzt sei, daß sie außerdem einigermaßen phantastisch sei, irgendeine Moral enthalte – die womöglich ein schädliches Vorurteil zerstöre –, und schließlich, daß sie auf jeden Fall heiter ende. Dergleichen Begebenheiten aber gebe es im Leben nicht viele, und so quäle der Verfasser sich mit der Erfindung ab und strenge sich an, eine Handlung zu erfinden, die den Vorschriften entspreche. Daher ließe sich bei Weihnachtserzählungen eine große Künstelei und Einförmigkeit beobachten.

»Nun, ich bin durchaus nicht mit Ihnen einverstanden«, bemerkte der dritte Gast, ein angesehener Herr, dem es oft gelang, das rechte Wort zur rechten Zeit zu sagen. Daher wünschten wir auch alle, seine Meinung zu hören. »Ich meine«, fuhr er nun fort, »daß auch die Weihnachtserzählung, ohne aus ihrem Rahmen zu fallen, wandelbar ist und eine fesselnde Mannigfaltigkeit aufweisen kann, je wie sich in ihr ihre Zeit und deren Sitten spiegeln.«

»Wie könnten Sie uns die Richtigkeit Ihrer Behauptung erweisen? Damit Sie uns überzeugen, müssen Sie uns eine Begebenheit aus dem derzeitigen Leben der russischen Gesellschaft vorführen, die sowohl die Zeit widerspiegele als auch den gegenwärtigen Menschen, alles das aber müßte Gestalt und Inhalt einer Weihnachtserzählung entsprechen, also leicht phantastisch sein; müßte außerdem irgendein Vorurteil ausrotten und ein heiteres, kein trauriges Ende haben.«

»Nun, wenn Sie wollen, kann ich Ihnen eine solche Geschichte erzählen.«

»Bitte, tun Sie uns den Gefallen. Vergessen Sie aber nicht, daß es sich um eine wirkliche Begebenheit handeln muß.«

»Seien Sie nur überzeugt, ich werde Ihnen eine ganz und gar wirkliche Begebenheit erzählen, die sich zudem unter mir sehr lieben und nahestehenden Menschen zugetragen hat. Es handelt sich um meinen Bruder, welcher, wie Ihnen wahrscheinlich bekannt ist, einen guten Posten im Staatsdienst bekleidet und sich verdientermaßen vollauf eines guten Rufes erfreut.«

Alle bestätigten ihm, daß das stimme, und viele ergänzten die Äußerung des Erzählers dahin, daß sein Bruder wirklich ein prächtiger und ehrenwerter Mensch sei.

»Ja«, antwortete jener, »und so werde ich jetzt von jenem, wie Sie sagen, prächtigen Menschen erzählen.

Vor drei Jahren kam mein Bruder, der damals in der Provinz einen Posten innehatte, zu mir für die Weihnachtstage und, als plagte ihn irgendeine Verrücktheit, lag er mir und meiner Frau mit der Bitte in den Ohren: »Verschafft mir eine Frau.«

Wir dachten anfangs, er scherze, doch in allem Ernst und mit aller Ausführlichkeit bedrängte er uns: »Verheiratet mich, um des Himmels willen! Erlöst mich von der unerträglichen Langenweile der Einsamkeit. Ich bin das Junggesellenleben satt, ich habe genug vom Klatsch und Tratsch der Provinz – will meinen eigenen Herd haben, will abends mit einer Frau, die mir teuer ist, bei der Lampe zusammensitzen. Verheiratet mich!«

»Halt, halt«, sagen wir, »alles das ist sehr schön; tu, wozu es dich treibt, Gott segne dich, nimm ein Weib. Doch das will seine Zeit haben; man muß doch erst ein gutes Mädchen in Aussicht nehmen, das dir gefiele und das selber dir gut wäre. Das alles erfordert Zeit.«

Er aber antwortet: »Was macht denn das aus? Zeit haben wir genug. Zwei Wochen dauert die Weihnachtszeit, während der Trauungen verboten sind. Inzwischen könnt ihr für mich freien; zu Epiphanias, abends, lassen wir uns trauen und fahren ab.«

»Ei, ei, mein Lieber«, sage ich, »du scheinst mir aus Langerweile ein wenig verrückt geworden zu sein.« – Das Wort »Psychopath« war damals bei uns noch ungebräuchlich. – »Ich«, fuhr ich fort, »habe keine Zeit, deinen Blödsinn mitzumachen, ich muß gleich in Dienst aufs Gericht. Derweilen magst du bei meiner Frau bleiben und mit ihr phantasieren.«

Ich dachte, alles das habe nichts auf sich oder, zum mindesten, daß jener Einfall noch recht weit von seiner Verwirklichung sei; indessen: heimgekehrt zum Mittagessen, muß ich sehen, daß die beiden die Sache schon abgeschlossen haben!

Meine Frau sagt mir: »Maschenka Wassiljew war da, sie bat mich, mit ihr auszufahren, um ihr ein Kleid aussuchen zu helfen, und während ich mich anzog, blieben sie« – das heißt mein Bruder und jenes Fräulein – »zusammen beim Tee. Und da sagte er: ›Das ist ein herrliches Mädchen, was soll ich da noch lange warten. Verheiratet mich mit ihr.‹«

Ich antworte meiner Frau: »Jetzt sehe ich, daß mein Bruder wirklich verrückt ist.«

»Nein, erlaube«, antwortet meine Frau. »Was soll dieses ›wirklich verrückt‹? Warum schiltst du jetzt das, was du sonst immer hochgehalten?«

»Was hätte ich hochgehalten?«

»Sympathie, von der man sich keine Rechenschaft gibt, die Herzensneigung.«

»Nein, meine Liebste und Beste«, sage ich, »damit darfst du mir nicht kommen. Alles das ist recht gut und schön, doch zur rechten Zeit und wo es sich gehört. Gut ist es, sofern die Neigung irgendeiner klaren Erkenntnis entspricht, etwa wenn man beim anderen Teile wirkliche Herzens- und Geistesvorzüge hat wahrnehmen können. Doch das jetzt – was soll das überhaupt? . . . Ein Augenblickchen hat er sie gesehen und ist nun bereit, sie sich für sein ganzes Leben aufzuhalsen.«

»So? Was hast du gegen Maschenka? Sie ist doch gerade so, wie du eben gesagt hast: ein Mädchen von klarem Verstande, anständigem Charakter und mit einem prächtigen treuen Herzen, außerdem hat auch er ihr gefallen.«

»Wie!« rief ich aus, »so hast du in der kurzen Zeit auch ihr schon eine Erklärung abgerungen?«

»Eine Erklärung«, antwortete sie, »nein, eine Erklärung gerade nicht. Aber man sieht doch einem dergleichen an. Die Liebe – so ist es wenigstens bei uns Frauen –, wir bemerken sie doch und nehmen sie wahr schon in ihren ersten Anfängen.«

»Ihr«, sage ich, »ihr seid mir ganz widerwärtige Heiratsstifterinnen. Ihr habt nichts anderes im Sinne, als jemand zu verheiraten, und was daraus wird, das kümmert euch nicht. Nimm dich in acht vor den Folgen deines Leichtsinns.«

»Ich aber«, spricht sie, »ich hab mich vor gar nichts in acht zu nehmen, weil ich sie beide kenne und weiß, daß dein Bruder ein ganz vortrefflicher Mensch ist und Maschenka ein ganz herzig liebes Mädchen. Und wo sie einander versprochen haben, sich um ihr gegenseitiges Glück zu bekümmern, werden sie das auch halten.«

»Wie!« schrie ich schon, außer mir, »so haben sie sich auch schon das Jawort gegeben!«

»Jawohl«, antwortete meine Frau, »einstweilen zwar nicht wortwörtlich, doch hinreichend deutlich. Ihr Geschmack und ihre Bestrebungen stimmen überein, ich aber werde heute abend mit deinem Bruder zu ihnen fahren –; er wird sich gewiß mit dem Alten einigen, und dann . . .«

»Und dann?«

»Und dann – laß sie nur machen, nur misch dich nicht ein.«

»Gut«, sage ich, »gut, es freut mich sehr, mich mit einer solchen Dummheit nicht zu befassen.«

»Gar keine Dummheit wird es geben.«

»Ausgezeichnet!«

»Es wird vielmehr alles sehr gut geraten; sie werden glücklich werden.«

»Freut mich sehr. Nur wäre es kein Schade«, sage ich, »wenn mein Bruder und du, ihr beide euch bewußt wäret, daß Maschenkas Vater ein allbekannter reicher Schieber ist.«

»Was macht das aus? Allerdings kann ich jenes zu meinem Leidwesen nicht bestreiten. Doch das hindert nicht im geringsten, daß Maschenka ein herrliches Mädchen ist, das sich zu einer vortrefflichen Gattin entwickeln wird. Du hast gewiß etwas vergessen, worüber wir uns wiederholt unterhalten haben: daß bei Turgenjew gerade die besten der von ihm dargestellten Frauen alle ausnahmslos, wie ausgerechnet, recht wenig ehrenwerte Väter haben.«

»Davon spreche ich hier gar nicht. Maschenka ist wirklich ein ganz vorzügliches Mädchen, ihr Vater aber hat bei der Verheiratung ihrer beiden älteren Schwestern beide Schwiegersöhne übers Ohr gehauen und ihnen nichts mitgegeben; er wird auch Mascha nichts geben.«

»Wer weiß? Sie ist seine Lieblingstochter.«

»Warum nicht gar, meine Liebste und Beste, wir wissen recht gut, was das mit ihrer besonderen Liebe für das Töchterchen, das am Heiraten ist, für eine Bewandtnis hat. Alle wird er übers Ohr hauen. Er kann auch gar nicht anders, als einen übers Ohr hauen; das ist ja sein Grundsatz, damit hat er ja angefangen, daß er Geld zu Wucherzinsen auf Pfänder gab. Und bei einem solchen wollt ihr Liebe und Großherzigkeit finden? Ich kann euch nur sagen: hat er seine zwei ersten Schwiegersöhne, die beide selbst durchtriebene Racker sind, übers Ohr gehauen, so daß sie sich jetzt mit ihm wie Hund und Katze stehen, wie wird er da erst meinen Bruder, der von Kindesbeinen an bereits an übertriebener Feinfühligkeit leidet, reinfallen lassen!«

»Was meinst du damit, mit diesem – reinfallen?«

»Nun, Liebste und Beste, stell dich nicht dumm.«

»Ich stell mich durchaus nicht dumm.«

»Weißt du denn wirklich nicht, was ›reinfallen‹ heißt? Nichts wird er Maschenka mitgeben, das meine ich.«

»Weiter nichts?«

»Natürlich.«

»Natürlich, natürlich! Mag sein. Ich aber«, sagte sie, »ich habe nie gedacht, daß es nach deiner Meinung ›Reinfall‹ heißt, wenn man eine tüchtige Frau ohne Mitgift bekommt.«

Nun, Sie kennen ja die liebliche Frauenart und -logik. Schwupp – einen Sprung in den fremden Garten und dorther, aus der Nachbarschaft, einen Nadelstich.

»Ich spreche hier nicht von mir.«

»Wieso?«

»Das ist aber recht sonderbar, ma chère.«

»Inwiefern sonderbar?«

»Recht sonderbar von dir, weil ich nicht von mir selber gesprochen habe.«

»Aber du hast so gedacht.«

»Ganz und gar nicht.«

»Hast dir's aber so vorgestellt.«

»Nein, hol's der Teufel, nichts habe ich mir vorgestellt.«

»Warum schreist du denn so?«

»Ich schreie nicht.«

»Und ›Teufel‹ und immer ›Teufel‹, wäre das nicht schreien?«

»Ja, denn du bringst mich um die Geduld!«

»Nun, da haben wir's ja. Wäre ich reich und hätte ich dir eine Mitgift eingebracht.«

»E ... e ... e ... e ... e.«

Das hielt ich schon nicht mehr aus. Und nachdem ich mit den Worten des verstorbenen Dichters Alexej Tolstoj »wie Gott begonnen, wie ein Schwein geendet«, machte ich ein beleidigtes Gesicht, weil ich mich auch wirklich auf ungerechte Weise beleidigt fühlte, schüttelte den Kopf, machte kehrt und verzog mich in mein Arbeitszimmer. Doch kaum hatte ich die Tür hinter mir zugeworfen, da ward ich von einem unüberwindlichen Rachedurst befallen, machte die Tür wieder auf und sagte: »Das ist eine Schweinerei!«

Sie aber antwortet: »Merci, mein lieber Gatte.«

Weiß der Teufel, das war ein Auftritt gewesen. Und vergessen Sie nicht, dazu war es gekommen nach vier Jahren des allerglücklichsten, durch nichts auch nur einen Augenblick gestörten Ehelebens! ... Ärgerlich ... kränkend ... und unerträglich! Und wie dumm! Und für nichts und wieder nichts. Alles das hat dieser Bruder angestellt. Und was geht's mich an, daß ich so koche und mich aufrege! Er ist doch wahrhaftig und wirklich schon erwachsen; und hat er nicht auch das Recht, selbst zu beurteilen, wer ihm gefällt und wen er sich zum Weibe nehme? ...

Herr Gott, heutzutage kannst du nicht einmal hierin einem Sohne Vorschriften machen, und nun sollte gar ein Bruder auf den anderen hören ... Und schließlich, mit welchem Recht? ... Und kann ich denn wirklich so voraussehend sein, daß ich unfehlbar den Ausgang dieser oder jener Verlobung prophezeien könnte? ... Maschenka ist wirklich ein ganz vorzügliches Mädchen, und ist meine Frau nicht ein ganz wundervolles Wesen? ... Ja auch mich hat, Gott sei Dank, bisher noch niemand einen Taugenichts gescholten, und nun sind wir aneinandergefahren wie ein Schneider und sein Schneiderweib ... Und alles das um nichts und wieder nichts, wegen des närrischen Einfalls eines Dritten ...

Ich begann mich ganz entsetzlich vor mir zu schämen und meine Frau zu bemitleiden; machten doch ihre Worte mir nichts mehr aus, indessen ich mich selbst beschuldigte, und in einer solchen trübseligen und unzufriedenen Stimmung schlief ich auf dem Diwan in meinem Arbeitszimmer ein, eingewickelt in meinen weichen Watteschlafrock, den meine liebe Frau mir eigenhändig gesteppt hatte.

Es ist doch eine geradezu bestechende Sache – so ein bequemes Alltagskleidungsstück, das Frauenhände dem Gatten angefertigt haben. So etwas Gutes und Liebes ist es und erinnert einen so sehr zur Zeit wie zur Unzeit sowohl an unsere Schuld als auch an jene teuren Hände, die man plötzlich abküssen und für irgend etwas um Verzeihung bitten möchte: »Verzeih mir, mein Engel, daß schließlich du mich um meine Geduld gebracht hast; ich werde in Zukunft nimmer ...«

Und ich nun, muß ich gestehen, fühlte ein solches Verlangen, so rasch als möglich mit einer Bitte zu ihr zu gehen, daß ich erwachte, aufstand und aus dem Zimmer ging.

Ich sehe: im Hause ist alles finster und still.

Ich frage das Dienstmädchen: »Wo ist die gnädige Frau?«

»Sie ist«, gibt sie Bescheid, »mit Ihrem Herrn Bruder

zum Vater Marja Nikolajewnas gefahren. Ich werde Ihnen gleich den Tee machen.«

»Nun«, denke ich, »die will ganz und gar nicht von ihrem Eigensinn lassen, sie will nun einmal den Bruder mit Maschenka verheiraten. Mögen sie tun, wie es ihnen paßt, und mag Maschenkas Vater sie anführen, wie er seine beiden älteren Schwiegersöhne angeführt hat, ja, und das erst recht, weil diese beiden Spitzbuben sind, mein Bruder aber das verkörperte Ehr- und Feingefühl. Um so besser, mag er sie anführen, meinen Bruder wie meine Frau. Mag sie sich nur gleich beim ersten Ehestiftungsversuche die Finger verbrennen!«

Ich nahm dem Zimmermädchen das Glas mit Tee ab und setzte mich an eine Akte, deren Inhalt am folgenden Tage bei uns im Gerichte zur Verhandlung stand und die mir nicht wenig Schwierigkeiten bot. Diese Beschäftigung nahm mich bis weit nach Mitternacht in Anspruch. Meine Frau aber und mein Bruder kehrten erst um zwei Uhr nachts zurück, beide über und über heiter.

Meine Frau fragt mich: »Willst du nicht kaltes Roastbeef und ein Glas Schorle? Wir haben bei den Wassiljews zu Abend gegessen.«

»Nein«, antwortete ich, »danke bestens.«

»Nikolaj Iwanowitsch hatte die Spendierhosen angezogen und hat uns ganz köstlich bewirtet.«

»So.«

»Ja. Wir haben die Zeit aufs vergnügteste verbracht, Champagner getrunken.«

»Ihr Glückspilze«, sagte ich und denke dabei: »Das heißt, diese Bestie von Nikolaj Iwanowitsch hat auf den ersten Blick herausgebracht, was für ein zartes Kälbchen mein Bruder ist und hat ihn nicht umsonst gefüttert. Jetzt wird er ihn liebkosen, bis die Brautzeit im Hause abgelaufen sein wird, und dann – kriegt's das Öchslein vor die Platte.«

Und meine Gefühle gegenüber meiner Frau wurden abermals feindselig, ich bat sie, angesichts meiner Schuldlosigkeit, nicht um Verzeihung. Ja, wäre ich frei gewesen und hätte ich die Muße gehabt, in alle Wendungen des von ihnen angezettelten Liebesspieles einzudringen, so wäre es nicht wunderbar gewesen, wäre ich wieder aus der Haut gefahren, hätte ich mich wieder in etwas eingemischt ... und dann wären wir schließlich angelangt bei irgendeiner Psychose. Jedoch, zu meinem Glück hatte ich keine Zeit. Der Rechtsfall, von dem ich erzählte, machte uns auf dem Gerichte so zu schaffen, daß wir es sogar aufgeben mußten, zu den Feiertagen frei zu sein, und so kam ich dann einstweilen nur heim, um zu essen und mich auszuschlafen, und verbrachte alle Tage und einen Teil der Nächte vor dem Altar der Themis.

Zu Hause aber warteten die laufenden Angelegenheiten nicht auf mich, und als ich, gerade am Weihnachtsabend, unter mein Dach heimkehrte, froh, mich von den Dienstobliegenheiten endlich losgemacht zu haben, da empfing man mich mit der Aufforderung, einen üppig ausgestatteten Korb zu betrachten, der die kostbaren Geschenke enthielt, die mein Bruder der Maschenka darbrachte.

»Was ist das?«

»Die Gaben des Bräutigams für die Braut«, erklärte mir meine Frau.

»Also ist es schon so weit. Wünsche Glück.«

»Natürlich. Zwar wollte dein Bruder nicht eher förmlich anhalten, als er sich noch einmal mit dir besprochen hätte. Doch war es ihm mit der Hochzeit eilig, du aber saßest, wie zum Tort, all die Zeit auf deinem ekelhaften Gerichte. Länger warten war unmöglich, so haben sie sich verlobt.«

»Ausgezeichnet«, sage ich, »wozu hätten sie auch auf mich waren sollen.«

»Du wirst, wie mir's scheint, anzüglich.«

»Ich werd durchaus nicht anzüglich.«

»Dann stichelst du.«

»Ich stichele auch nicht.«

»Das hätte auch nicht den geringsten Zweck gehabt, denn trotz deines Rabengekrächzes werden sie ganz überglücklich werden.«

»Gewiß«, sage ich, »wenn *du* dich schon verbürgst, dann werden sie es eben. Es gibt ein Sprichwort: Rasch gewählt, dann gequält. Es wäre besser gewesen, er hätte nicht so gewählt.«

»So«, sagt meine Frau, den Korb mit den Geschenken zuklappend, »ihr denkt also, ihr erwähltet uns. Das ist doch in Wirklichkeit nur Unsinn.«

Ich schüttelte den Kopf und sage: »Bedenke doch ein wenig, was du sagst. Ich zum Beispiel habe dich erwählt – und zwar gerade weil ich deinen Wert verehrte und kannte.«

»Du flunkerst.«

»Ich flunkerte?«

»Du flunkerst. Du hast mich ganz und gar nicht wegen meines Wertes erwählt.«

»Weswegen denn?«

»Weil ich dir gefiel.«

»Was? Du stellst sogar deinen eigenen Wert in Abrede.«

»Keineswegs. Ich halte mich durchaus für wertvoll. Aber du hättest mich nie und nimmer geheiratet, hätte ich dir nicht gefallen.«

Ich fühlte, daß sie Richtiges sagte.

»Immerhin«, sagte ich, »ich habe ein ganzes Jahr gewartet und in eurem Hause verkehrt. Weshalb hätte ich's denn getan?«

»Um mich anzuschauen.«

»Stimmt nicht. Um deinen Charakter zu ergründen.«

Meine Frau lachte los.

»Was für ein sinnloses Gelächter!«

»Durchaus nicht sinnlos. Du, mein Lieber, hast nichts bei mir ergründet, auch nicht ergründen können.

»Weshalb?«

»Soll ich's sagen?«

»Tu mir den Gefallen, sag es.«

»Weil du in mich verliebt warst.«

»Gewiß, doch das störte mich nicht im geringsten, deine Seeleneigenschaften wahrzunehmen.«

»Doch, es störte.«

»Nein, es störte nicht.«

»Es störte und wird jedermann stören. Darum ist ein langes Ergründen ganz überflüssig. Ihr bildet euch ein, daß, wenn ihr euch in ein weibliches Wesen verliebt, ihr es dann mit klarer Urteilskraft betrachtet; in Wirklichkeit aber gafft ihr sie nur an und laßt die Einbildungskraft spielen.«

»Nanu ... jedoch ...«, sagte ich, »was du da sagst ... das ist doch schon allzu realistisch.«

Dabei denke ich aber: »Das stimmt.«

Meine Frau jedoch sagt: »Denk nicht weiter darüber nach ... Bei der Sache ist gar nichts Böses herausgekommen. Zieh dich vielmehr rasch an, dann werden wir zu Maschenka fahren. Wir werden dort den Weihnachtsabend verbringen, und du mußt ihr und deinem Bruder deine Glückwünsche sagen.«

»Freut mich sehr«, sagte ich. »So fahren wir hin.«

Dort gab es die Bescherung, gab es Glückwünsche. Und wir zechten gehörig vom fröhlichen Nektar der Champagne.

Nachzudenken, zu bereden und zu widerraten, dafür war die Zeit schon vorüber. So blieb denn nichts anderes mehr übrig, als in allen den Glauben an das Glück zu bestärken, das die Verlobten erwarte, und Champagner zu trinken. Damit verbrachten wir die Tage und Nächte bald bei uns, bald bei den Brauteltern.

Kann einem bei solcher Stimmung die Zeit je lang werden?

Kaum konnten wir uns besinnen, so war schon der Silvesterabend da. Die freudigen Erwartungen sind gesteigert. Die ganze Welt will Freude – und wir blieben hinter der übrigen Menschheit nicht zurück. Wir erwarteten das neue Jahr abermals bei Maschenkas Eltern mit einem solchen Zechgelage, daß wir vollauf die Urväterredensart rechtfertigten: »Rußlands Lust ist das Trinken.« Nur eines stimmte nicht: Maschenkas Vater schwieg von der Mitgift, dafür machte er aber der Tochter ein höchst wunderliches Geschenk, das, wie ich hernach begriff, völlig unpassend, gar von schlimmer Vorbedeutung war. Beim Abendessen legte er ihr selber ein kostbares Perlenhalsband um ...

»Oh, oh, mein Lieber ... Was mag das kosten. Wahrscheinlich hat der Alte sich dieses Stück seit jenen alten und glücklichen Tagen aufgespeichert, als die reichen, vornehmen Leute ihre Sachen noch nicht in Lombard gaben, sondern, wenn sie in Geldnöten waren, ihre Schätze lieber heimlichen Geldvermittlern von der Art von Maschenkas Vater anvertrauten.«

Es waren große, vollkommen runde Perlen von höchst lebendigem Glanze. Außerdem war das Halsband in altem Geschmacke hergestellt, aus verschiedenartigen Perlen. Es fing hinten an mit kleinen, doch tadellos runden, arabischen Perlen, dann kamen immer größere und größere indische, schließlich waren die Perlen, die zuunterst über der Brust hingen, bohnengroß, und ganz in der Mitte befanden sich drei schwarze von auffallender Größe und schönstem Glanze. Das herrliche und kostbare Geschenk verdunkelte ganz und gar die vor ihm gleichsam verlegen wirkenden Gaben meines Bruders. Mit einem Worte: wir ungeschlachten Mannsbilder, wir fanden alle des Vaters Geschenk für Maschenka herrlich, auch gefiel uns das Wort, das der Alte bei Übergabe des Halsbandes sagte. Der Vater Maschenkas sagte nämlich, als er diese Kostbarkeit übergeben hatte: »Hier Töchterchen, hast du ein Stück, das durch einen Zauberspruch geweiht ist: es bleibt unverweslich, mag man es auch verwesen lassen; kein Dieb wird es stehlen, stiehlt er es aber, wird er daran keine Freude haben. Es ist etwas – Ewiges.«

Jedoch die Frauen sehen alles von einem eigenen Standpunkt an, so brach Maschenka, als sie das Halsband empfing, in Tränen aus, meine Frau jedoch konnte nicht an sich halten, und als sie einen geeigneten Augenblick erwischte, machte sie Nikolaj Iwanowitsch sogar in der Fensternische Vorwürfe, die er, nun wir verwandt waren, auch anhörte. Die Vorwürfe aber wegen des Perlengeschenkes bekam er deshalb zu hören, weil Perlen Tränen bedeuteten und verkündeten, darum würden Perlen nie zu Neujahrsgeschenken verwandt.

Nikolaj Iwanowitsch indessen erwiderte gewandt und witzig. »Das ist«, so sprach er, »vor allem ein leeres Vorurteil, und würde mir jemand die Riesenperle schenken, die die Fürstin Jussupow bei Gorgubus kaufte, so nähme ich sie gleich. Ich, meine Gnädigste, habe seinerzeit ebenfalls auf alle diese Feinheiten geachtet und weiß, was man nicht schenken darf. Man darf einem Mädchen keine Türkise schenken, weil sie nach Ansicht der Perser Gebeine derjenigen sind, die an Liebe gestorben, verheirateten Damen aber darf man keine Amethyste mit sogenannten Liebespfeilen schenken; nichtsdestoweniger habe ich versucht, dergleichen Amethyste zu verschenken, und die Damen haben sie angenommen.«

Meine Frau lächelte. Er aber fuhr fort: »Ich werde versuchen, auch Ihnen einen solchen zu schenken. Was aber die Perlen anlangt, so muß man wissen, daß zwischen Perlen und Perlen ein Unterschied ist. Nicht jede Perle wird mit Tränen gewonnen; es gibt persische Perlen, Perlen aus dem Roten Meere, es gibt auch Perlen aus stillen Wassern – d'eau douce –, die gewinnt man ohne Tränen. Die empfindsame Maria Stuart trug nur Perlen dieser Art, und zwar aus den schottischen Flüssen, sie brachten ihr aber kein Glück. Ich weiß sehr wohl, was zu schenken ist – und das schenke ich meiner Tochter. Sie aber erschrecken sie nur. Dafür werde ich Ihnen nichts mit einem Liebespfeil schenken, ich werde Ihnen nur einen kühlen Mondstein verehren. Du aber, mein Kind, weine nicht und verjage dir den Gedanken, daß Perlen Tränen brächten; dieser Perlenschmuck ist nicht von der Art. Ich werde dir am Tage nach der Hochzeit das Geheimnis dieses Perlenschmuckes verraten, und dann wirst du sehen, daß du gar keinen Anlaß hast zu irgendeiner abergläubischen Furcht.«

So beruhigte man sich denn, der Bruder und Maschenka wurden nach Epiphanias getraut, und am Tage darauf fuhr ich mit meiner Frau zum Besuche des jungen Paares.

Wir trafen das Ehepaar in ungemein vergnügter Stimmung an. Mein Bruder selbst tat uns die Tür der Wohnung auf, die er sich für die Hochzeit im Gasthof gemietet hatte, und empfing uns ganz strahlend mit unbeherrschtem Gelächter.

Das erinnerte mich an einen alten Roman, in welchem von einem Neuvermählten die Rede ist, der vor lauter Glück den Verstand verloren hat. Dieses äußerte ich dem Bruder, der aber entgegnet:

»Kannst du dir's nur vorstellen, mir ist wahrhaftig und wirklich etwas zugestoßen, das derart ist, daß man seinem Verstande nicht mehr trauen kann. Mein Familienglück, das mit dem heutigen Tage begonnen, hat mir nicht nur überraschende Freuden seitens meiner lieben Frau eingetragen, sondern auch ein überraschendes Glück seitens meines Schwiegervaters.«

»Was ist dir denn begegnet?«

»Tritt nur ein; ich erzähl dir's.«

Die Frau flüstert mir ins Ohr: »Gewiß hat der alte Nichtsnutz sie übers Ohr gehauen.«

Ich antworte: »Das geht *mich* nichts an.«

Wir treten ein, der Bruder aber gibt mir eine Postkarte, die ihm in der Frühe die Stadtpost zugetragen hatte, auf der Postkarte aber lesen wir folgendes: »Laßt euch durch das Vorurteil in Sachen des Perlenschmuckes nicht erschrecken; der Perlenschmuck ist falsch.«

Meine Frau setzte sich nur so hin.

»Nein, ist das ein Schuft!« spricht sie.

Mein Bruder aber wies sie mit einer Kopfgebärde seitwärts ins Schlafzimmer, in dem Maschenka sich noch anzog, und spricht: »Du tust unrecht. Der Alte hat höchst ehrenwert gehandelt. Ich hab diese Karte bekommen, sie gelesen und habe losgelacht . . . Das ist ja nichts Betrübliches für mich: ich habe ja weder eine Mitgift gesucht noch um eine solche gebeten, ich habe nur nach einer Frau gesucht; also ist für mich nichts Betrübliches dabei, daß die Perlen im Halsband nicht echt sind, sondern falsch. Mag also das Halsband nicht dreißigtausend Rubel, sondern ganz einfach nur dreihundert wert sein, ist mir das nicht völlig gleich, falls nur meine Frau glücklich wird? . . . Eines nur machte mir Sorge: wie soll ich das Mascha mitteilen? Hierüber begann ich nachzudenken und setzte mich hin, mit dem Gesichte zum Fenster, hatte aber nicht bemerkt, daß ich die Zimmertür abzuschließen vergessen hatte. Nach einigen Minuten wende ich mich um und sehe auf einmal: hinter meinem Rücken steht mein Schwiegervater und hält in der Hand irgend etwas in ein Tüchlein gewickelt.

»Guten Morgen«, spricht er, »Schwiegersöhnchen.«

Ich sprang auf, umarmte ihn und sagte: »Das ist lieb! Wir wollten nach einer Stunde gerade zu Ihnen fahren, und nun kommen Sie selber . . . Das ist gegen jeden Brauch . . . lieb und wert.«

»Nun«, antwortete er, »machen wir uns an das Rechnen. Wir sind jetzt *eine* Familie. Ich war eben in der Messe, habe gebetet und bringe euch ein geweihtes Abendmahlsbrot.«

Ich umarmte ihn abermals und küßte ihn.

»Hast du meine Postkarte erhalten?« fragte er.

»Natürlich«, antwortete ich, »ich habe sie erhalten.« Und ich hub zu lachen an.

Er sieht mich an. »Weshalb«, spricht er, »lachst du?«

»Wie könnte ich anders. Das ist ja so lustig!«

»Lustig?«

»Natürlich.«

»Gib mir die Perlen.«

Das Halsband lag daneben auf dem Tische in seinem Futteral; ich gab es ihm.

»Hast du ein Vergrößerungsglas?«

Ich antwortete, ich hätte keines.

»In diesem Falle habe ich eins. Ich habe aus alter Gewohnheit immer ein solches bei mir. Sieh dir den Verschluß unterhalb des Schiebers an.«

»Wozu sollte ich's?«

»Nein, sieh nur hin. Du denkst vielleicht, ich hätte dich angeführt.«

»Das denke ich durchaus nicht.«

»Trotzdem sieh nur hin, sieh nur hin.«

Ich nahm das Vergrößerungsglas und sehe: Auf dem Verschluß, an völlig unbemerkter Stelle, steht eine mikroskopische Inschrift mit französischen Buchstaben: »Bourguignon«.

»Hast du dich nun überzeugt?«, fragte er, »daß das wirklich falsche Perlen sind?«

»Ich sehe es.«

»Und was wirst du mir nun sagen?«

»Dasselbe wie zuvor. Das heißt: das geht mich nichts an, und ich werde Sie nur um eines bitten.«

»Bitt nur, bitt nur.«

»Erlauben Sie mir, nichts davon Mascha zu sagen.«

»Warum?«

»Ja . . . so . . .«

»Nein, zu welchem Zwecke? Du willst sie wohl nicht betrüben?«

»Unter anderem auch deshalb.«

»Weshalb denn noch?«

»Außerdem noch, weil ich nicht will, daß in ihrem Herzen auch nur die leiseste Regung wider ihren Vater aufkäme.«

»Wider ihren Vater?«

»Ja.«

»Nun, für den Vater bedeutet sie jetzt schon ein abgeschnittenes Stück Brot, das sich mit dem Laibe nie vereinen wird. Für sie ist jetzt die Hauptsache – ihr Mann.«

»Nein, nein«, sage ich: »Das Herz ist keine Straßenherberge; in ihm ist Raum. Eine Liebe gilt dem Vater, dem Gatten eine andere; außerdem ist der Ehemann, der glücklich sein will, verpflichtet, dafür zu sorgen, daß er seine Frau hochachten kann. Und darum hat er ihre Liebe zu den Eltern und ihre Ehrfurcht vor ihnen zu bewahren.«

»Ei, ei. Du bist mir aber ein Praktikus.«

Und er begann wortlos auf dem Schemel, auf dem er Platz genommen hatte, zu trommeln, dann erhob er sich und spricht: »Ich, lieber Schwiegersohn, habe mir mein Vermögen durch eigenes Bemühen erworben, doch mit den verschiedensten Mitteln. Von einer höheren Warte aus gesehen waren sie vielleicht nicht alle sehr löblich, doch so war nun einmal meine Zeit, und ich verstand nicht anders zu verdienen. Ich traue den Menschen nicht gar sehr; von der Liebe aber habe ich nur in Romanen gehört, wie man dort darüber liest, jedoch in der Wirklichkeit habe ich nur beobachtet, daß alle nichts als Geld wollen. Zweien meiner Schwiegersöhne habe ich kein Geld gegeben, und das hat sich als richtig herausgestellt: sie sind mir böse und lassen ihre Frauen nicht zu mir. Ich weiß nicht, wer von uns der Anständigere ist, sie oder ich? Ich gebe ihnen kein Geld, und sie verderben lebende Herzen. Ich werde ihnen auch kein Geld geben, dies aber werde ich mir nehmen und dir geben. Ja, sogar jetzt gleich will ich es dir geben.« – »Und nun, bitte, sieh mal her.«

Und der Bruder zeigte uns drei Verschreibungen über je fünfzigtausend Rubel.

»Ist das wirklich«, frage ich, »alles für deine Frau?«

»Nein«, antwortet er, »er gab Mascha fünfzigtausend, ich aber sage ihm: Wissen Sie, Nikolaj Iwanowitsch, das wird eine kitzelige Sache werden. Mascha wird es peinlich sein, daß sie von Ihnen eine Mitgift bekommen soll, die Schwestern aber keine ... das wird ganz bestimmt den Neid und die Feindschaft ihrer Schwestern hervorrufen ... Nein, Gott habe es selig, dieses Geld, behalten Sie es, und wenn künftig einmal ein glücklicher Zufall sie mit Ihren anderen Töchtern versöhnen sollte, dann geben Sie ihnen allen das gleiche. Das wird uns dann allen Freude machen ... Doch nur für uns ... nein!«

Er erhob sich von neuem, ging abermals im Zimmer auf und ab, blieb dann vor der Tür zum Schlafzimmer stehen und rief: »Marja!«

Mascha hatte bereits ihr Morgengewand an und erschien. »Ich wünsche dir Glück«, sprach er.

Sie küßte ihm die Hand.

»Nun, willst du glücklich werden?«

»Gewiß will ich's, Papa, und hoffe es.«

»Gut, du hast, liebes Kind, dir einen guten Gatten gewählt.«

»Ich, Papa, habe gar nicht gewählt. Gott hat ihn mir gegeben.«

»Gut, gut; Gott hat gegeben, ich aber werde noch

etwas dazugeben; ich möchte deinem Glücke noch etwas dazugeben. Da hast du drei Verschreibungen, alle über die gleiche Summe. Die eine ist für dich, die anderen zwei für deine Schwestern. Gib *du* sie ihnen, sage, *du* schenktest sie ihnen.«

»Papa!«

Mascha fiel ihm anfangs um den Hals, dann ließ sie sich aber plötzlich niederfallen und umfaßte mit Freudentränen seine Knie. Ich blicke hin – auch *er* weint.

»Steh auf, steh auf«, spricht er. »Du bist heute, wie es so im Volke heißt, die Fürstin. Dir steht es nicht an, dich vor mir bis zum Boden zu verbeugen.«

»Doch, ich bin so glücklich . . . für meine Schwestern!«

»So ist es. Auch ich bin glücklich. Jetzt kannst du sehen, daß du gar keinen Grund hattest, dich vor dem Perlenhalsband zu fürchten. Ich bin gekommen, dir sein Geheimnis zu verraten; die Perlen, die ich dir geschenkt habe, sind falsch, mich hat mit ihnen schon vor langen Jahren ein Herzensfreund betrogen – – und was für ein Freund gar, kein gewöhnlicher, sondern einer, der aus dem Blute Ruriks und dem Blute Gedimins zusammengegossen war. Du aber hast einen schlichtherzigen Mann, dessen Gemüt echt ist, bekommen – – den kann man unmöglich betrügen, das brächte die Seele nicht über sich.«

»Das ist meine ganze Geschichte«, schloß unser Gesprächsgenosse, »und wirklich denke ich, daß sie, obwohl sie zeitgemäß ist und nicht erfunden, den Vorschriften und der Form der üblichen Weihnachtserzählungen entspricht.«

Fischsuppe ohne Fisch

Das neue Jahr 1886 hub für mich in einer angenehmen Gesellschaft mit recht freundlichen Beurteilungen meines vor kurzem erschienenen Bändchens mit Weihnachtserzählungen an. Das Büchlein wurde sowohl in der Presse gelobt als auch in dem gastfreien Haus mit Wohlwollen beurteilt, wohin man mich geladen hatte, ein Neujahrsglas Champagner zu leeren. Die Leute, die literarisches Verständnis hatten, hielten meinen Versuch für recht gelungen, die Erfordernisse einer Weihnachtserzählung einzuhalten ohne die übliche Heranziehung von allerlei Teufeleien nebst verschiedenen geheimnisvollen und unwahrscheinlichen Zutaten. Da es indes nie vorkommt, daß alle einer Meinung sind, traf auch dort ein Gleiches ein: jemand machte die Bemerkung, daß ich über die Schnur gehauen hätte und daß in den gepriesenen Erzählungen überhaupt keine wirklich tugendhaften Personen aufträten, sondern daß es in ihnen lediglich versöhnende Eindrücke gäbe, doch daß auch diese gewissermaßen ohne Lenkung und Richtung vorgetragen würden.

»Alles ist geschmackvoll gekocht und gesalzen, wenn man aber untersuchen wollte, woraus es gekocht ist, kommt man zum Schluß immer auf so was wie eine Fischsuppe ohne Fisch.«

Manche mußten darüber lachen und fanden die Bemerkung geistvoll. Es gesellten sich ihnen einige Personen zu, die betonten, daß man in meinen Erzählungen in der Tat schwer zwischen Gut und Böse unterscheiden könne und daß man zuweilen überhaupt nicht festzustellen vermöchte, wer der Sache schade und wer ihr helfe.

Dies wurde einer gewissen angeborenen Verschmitztheit, die in meiner Natur läge, zugeschrieben.

Es versteht sich, daß ich hierbei nur zuhörte und meinen Nutzen daraus zog, ohne ein Wort zu erwidern. Dagegen trat ein anwesender Gast aus einer anderen Stadt für mich ein und bemerkte, daß »Fischsuppe ohne Fisch« gar nichts so Unwahrscheinliches an sich habe, wie man glauben möchte, und daß – theoretisch gesprochen – eine solche Fischsuppe häufig vom Leben gekocht werde und sogar wohlschmeckend sei und kräftig, wenn man auch keineswegs feststellen könne, woraus sie bestehe und wie sie zusammengebraut worden wäre.

»Es fehlt nicht an guten Leuten in der Welt«, meinte jemand in versöhnlichem Sinne.

»Nein, durchaus nicht das, sondern im Gegenteil: ›Fischsuppe ohne Fisch‹, das fasse ich so auf, wie wenn ein Theaterstück ohne die rechten Schauspieler in den entsprechenden Chargen gespielt wird. Besondere Wohltäter fehlen ganz und doch wird Gutes getan – und in dieser Hinsicht, will ich Ihnen verraten, hat unser Autor recht.«

Ich verneigte mich dankbar.

»Jawohl«, fügte der für mich eintretende Gast hinzu: »Und da habe ich auch, wie gerufen, einen hierzu passenden Vorfall; wenn man den erzählen wollte, das dürfte eine echte Fischsuppe ohne Fisch ergeben.«

»Worum handelt es sich denn?«

»Eine einfache Begebenheit auf weihnachtlicher Grundlage, mit guten Werken, um die sich jener, der sie verübte, nicht im geringsten kümmerte.«

»Ja was war es denn: ein Mißverständnis?«

»Nein.«

»War es ein Wunder?«

»Ebenfalls nicht.«

»Ein Zufall?«

»Genau im Gegenteil.«

»Ja was denn überhaupt?«

»Genau eine ›Fischsuppe ohne Fisch‹, wie sie nur das Leben zu kochen versteht.«

»Alsdann, erzählen Sie!«

»Bitte sehr!«

Das Städtchen, in dessen Nähe ich auf meinem kleinen Gut lebe, ist sehr klein und, die Wahrheit zu sagen, recht schmutzig. Es zeichnet sich durch nichts aus, doch es hat eine Eigenheit: die Hauptgeburtsziffer liegt akkurat Jahr für Jahr genau in der Weihnachtszeit. Dieser Umstand ist allen bekannt und im Laufe vieler Jahre durch die Standesamtsbücher völlig erwiesen. Man kann sich darüber ein bißchen wundern, im übrigen jedoch liegt hierin nichts Wunderbares und um so weniger Unerklärliches, oder, Gott verhüte, Übernatürliches. Dies ist nicht im geringsten von Geistern abhängig noch vom Klima, noch etwa von der Beschaffenheit der Gewässer und des Bodens, genauso wie es in keinem Zusammenhang mit irgendwelchen Absonderlichkeiten in der Natur unserer Frauen liegt, sondern es ist eine direkte Folge der ökonomischen Lebensbedingungen. Das mußte ich Ihnen zuvor erklären, auf daß es zwischen uns nichts Verborgenes oder gar Geheimes gebe.

Es möge einem jeden alles klar und verständlich sein, und dennoch wird etwas Geheimnisvolles, wie Sie zum Schluß sehen werden, irgendwo durchschimmern.

Dafür ist es ja eben Weihnachtszeit!

Die Gegend, in der unser Städtchen liegt, ist ungewöhnlich günstig für das Gärtnergewerbe: wohin man schaut, nichts als Gemüsefelder; die Bewohner unseres Ortes sind jedoch bekannte Faulpelze, und was immer man mit ihnen auch anstellen möge, sie sind nicht gewillt, sich diesen Gärtnerarbeiten hinzugeben. Einige haben es zwar versucht, doch stellten sie sich als unfähig heraus, irgend etwas Gutes oder Nützliches hervorzubringen: mit einem Wort, es sind Faulpelze und keine Meister, und darum befindet sich das ganze umfangreiche Gärtnerwesen völlig in den Händen von Leuten aus Rostow, die zu dem Zweck herreisen. Dieses einfallende Waräger-Rußland pachtet alle die hervorragenden Überschwemmungswiesen rings um unsere Stadt und gibt sich die größte Mühe, sie so gut als möglich auszulaugen; allein das wird höchstens in einer fernen Zukunft gelingen, da bis jetzt die Erde für sich steht und jeden Samen hundertfach aufgehen läßt.

Diese Waräger-Russen leben hier keineswegs fest angesiedelt. Sie kommen zu uns meist zur Zeit des Saatkrähenstriches, also im März oder April, sie lassen sich dann in ihren weitläufigen Erdhütten, die in den Gemüsegärten stehen, nieder und machen sich gleich an ihr Geschäft. Ihre Arbeit beginnt damit, daß die Rostower eine Menge von Mädeln und Weibern anstellen. Denn bei ihnen gibt es eine Fülle von Weiberarbeit: sie brauchen Wäsche, sie benötigen Wäscherinnen, da muß gegraben und gesetzt werden, es muß gejätet, es muß gegossen und Wasser herangetragen werden – alles Weiberwerk. Wenn der Herbst kommt, ernten diese Nordländer die Früchte der fremden Erde, wandeln sie in Geld um und reisen bis zum kommenden Jahr wieder nach Rostow zurück, während ihre Sommerarbeiterinnen zu Hause bleiben und erst um die Weihnachtszeit die Rechnung für die sommerlichen Zärtlichkeiten der Waräger abschließen.

Wenn Sie hierbei in Betracht ziehen, daß die Rostower Waräger zu uns im März oder April kommen, wird Ihnen wohl auch klar werden, warum unsere Ortsstatistik die höchste Geburtenziffer im Dezember um die Weihnachtszeit führt.

Dies ist die allernatürlichste Sache und enthält nicht das geringste Wunderbare an sich.

Und jetzt fahre ich in der Erzählung fort.

In unserem Städtchen sind alle Obrigkeiten und Kompetenzen vorhanden, die Gott eingesetzt hat, auf daß eine jede Stadt fromm und ehrsam bleibe, entsprechend den besten Regeln und den Forderungen des göttlichen und bürgerlichen Gesetzes. Wir haben einen sehr tätigen Kreisvorsteher, wir verfügen über einen Richter, der die Gerechtigkeit pflegt, wir haben einen menschenliebenden Arzt, wir haben einen gelehrten Oberpriester und außer diesem noch einen einfachen Popen, wir verfügen über Bürger, Sänger, Krieger, Wächter und über Volk, mit einem Wort, es ist alles da, was in den kompliziertesten Anzeigenblättern erwähnt werden kann. Die Stadtbewohner oder das Volk, das sind alles einfache Leute, offiziell aber werden sie in »zwei Schichten« geteilt: die eine ist die »städtische christliche Gesellschaft«, die andere ist die »städtische hebräische Gemeinde«. Der Grad gelehrter Bildung ist in beiden dieser Schichten fast gleich, indes versteht sich, daß in der hebräischen mehr des Lesens und Schreibens Kundige vorhanden sind. Der religiöse Eigendünkel ist bei beiden gleich: die Hebräer lassen die anderen fühlen, daß Jehova ihnen ein besonderes Los zuerteilt hat, indem er sie erwählte und sie vor allen anderen Völkern der Welt hervorhob, die Christen aber entgegnen ihnen: Begreift und unterwerft euch, dieweilen Gott mit uns ist.

Welche von diesen beiden Schichten fauler ist, weiß ich nicht.

Die Christen arbeiten ein halbes Jahr lang mit Ach und Krach, während sie ein halbes Jahr auf der faulen Haut liegen; die Hebräer befassen sich mit wirklich schweißtreibender Arbeit nie, dafür aber laufen sie unablässig herum, sind immer leicht verkrampft und mauscheln. Klar, daß alle Handeltreibenden Hebräer sind. Was einer nicht am Freitag zu kaufen vermag, also bis zum Beginn des Sabbats, das kann er erst frühestens Sonntag erhalten. Auf diese Weise bleibt bei den Juden alles Geld, das die träge und schwache christliche Bevölkerung zu verdienen versteht.

In unserem Städtchen gibt es nicht einen einzigen Kapitalisten, der Christ wäre, dagegen sind unter den Hebräern einige recht wohlhabende Leute, und unter diesen ist auch ein alter Mann namens Salomon, den man als reich ansieht. Er ist der einzige unter den gewöhnlichen Stadtbewohnern, der auf dem Marktplatz ein eigenes Steinhaus stehen hat, und in diesem Hause wohnt der Kreisvorsteher, und hier tritt auch das Plenum zusammen.

Reb Salomon ist eine wichtige Persönlichkeit: er ist mit allen bekannt, er ist von solidem Auftreten, und zwar auf alttestamentarischer Grundlage, wenn auch mit gnadenvoller Herablassung den Christen gegenüber – aus Gründen der Duldsamkeit hat Salomon mit dem Kreisvorsteher und dem Vater Oberpriester schon immer Karten gespielt, was zur Folge hatte, daß sich sein Ton erheblich verfeinerte und er sich geschliffener guter Manieren zu befleißigen begann. So zum Beispiel sagte er, wenn er dem Vater Oberpriester das Kartenspiel hinhielt, damit dieser abhebe, stets voll Hochachtung:

»Mit Ihrem Segen!«

Einige behaupten zwar, daß die Duldsamkeit und Unparteilichkeit Salomons nicht weiter als dies gegangen wäre, indes das ist nicht wahr: die Duldsamkeit und Unparteilichkeit Salomons gingen erheblich weiter.

Reb Salomon war sehr klug und in der hebräischen Literatur sehr beschlagen, hauptsächlich aber zeichnete er sich durch eine geradezu teufelsmäßige Lebenskenntnis aus. Sein Ruhm reichte weit, und bei all den Seinigen galt er stets für einen bemerkenswerten Weisen. Salomon dürfte zweifellos auch noch heutigentages einen eigenhändigen Brief über irgendeinen Gegenstand von einem berühmten Rabbiner besitzen, und wahrscheinlich sehen viele Salomon daraufhin als eine Stütze des Hebräertums an. Im übrigen war er in der Tat im Glauben seiner Väter fest: er hielt jeden Brauch ein, er führte alles aus, und es lag in seinem ganzen Gehaben nichts, was sich auch nur im geringsten davon entfernte, was Gott selber eingesetzt hatte. Salomons Charakter war stark, fest und hartnäckig. Seinem Temperament nach war er empfindsam und hitzig, indes er war ein Meister der Selbstbeherrschung und vermochte in seiner inneren Welt in kürzester Frist die geringste Abweichung vom Gleichgewicht wieder in Ordnung bringen. Salomon war stolz, aber er war nicht kleinlich stolz: er verfügte über eine reichliche Dosis von

Selbstachtung, dieweil er noch von niemand jemals betrogen worden war, obwohl er selber schon sehr viele öfters betrogen hatte; das wußte ein jeder, und so wagte keiner, diesem seinem Ruf auch nur die geringste Unbill zuzufügen. So kam es, daß Salomon sowohl von majestätischer Haltung wie auch von größter Ruhe war.

Plötzlich aber fiel mit unserem Weisen etwas ganz besonderes vor. Salomon schoß einen Bock . . .

Und wie hatte es bloß zu so etwas kommen können?

Wieso es dazu hatte kommen können – darauf hätte niemand antworten können, doch von welcher Ursache es herrührte, das hatten viele bemerkt.

Kurz vor den Weihnachtstagen war Reb Salomon als eine Respektsperson der Stadt in bester Gesellschaft beim Kreisvorsteher gewesen, er hatte dort mit den allergeachtetsten Personen Karten gespielt und sogar einen Gewinn von fünf Rubeln davongetragen; am nächsten Morgen aber trat er vor seine Familienangehörigen, als sei er irgendwie bedrückt, und schien seither nicht ganz auf der Höhe zu sein. Er war verstimmt und nachdenklich: es war, als schaue das eine seiner Augen irgendwie hartnäkkig in sein Inneres; seine Stirn war gefurcht und verfinstert; er schwieg ärgerlich und rückte noch ärgerlicher ungeduldig an seinem Käppchen und schickte stets alle zum Teufel. Vielen gab er sogar unrichtige Antworten, und schließlich verübte er vor aller Augen eine der Berufung des Hebräers derartig widersprechende Tat, daß dies ihn mit einemmale seines Rufs als den eines frommen Talmudisten hätte verlustig gehen lassen können.

Wir werden gleich sehen, was er angestellt hatte und wie dies zugleich alle beiden Gesellschaftsschichten beunruhigte, die christliche und die hebräische (auch Kahal genannt). Hiernach aber werden wir auch zu sehen bekommen, wie all dies ad majoram Dei gloriam in Ordnung gebracht wurde, zum Nutzen für die Christen als auch für die Hebräer.

Unter den Mädchen der Stadt, die im Sommer für die aus Rostow kommenden Waräger-Russen das Waschgeschäft verrichteten, gab es ein Mädel des Namens Palaschka. Diese Palaschka kannte natürlich den Reb Salomon – alldieweil er ›ein reicher Jud‹ war –, Reb Salomon aber kannte Palaschka nicht, da sie in keinerlei Hinsicht Beachtung verdiente.

Palaschka war ein Mädel ohne Familie und Herkommen, weil sie selber einmal von Waräger-Russen im Gemüsegarten ausgesät worden war. Jetzt freilich, da Palaschka das rechte Alter erreicht hatte, hatte Gott auch ihr zur Weihnachtszeit ein lebendes Kindlein beschert, indes die arme Palaschka besaß nicht die Mittel, es taufen zu lassen. Das Taufen kostet bei uns nicht viel, die Taxe beträgt alles in allem einen Rubel; allein es fand sich niemand, der bei dem armen Mädel Gevatterschaft zu übernehmen bereit war, um diesen Rubel für die Taufe zu bezahlen.

»Euer sind viele!« sprachen gute Leute zu ihr. »Ihr sündigt Gott weiß wo herum, was aber geht es uns an, für eine fremde Sünde einen Karbowanez hinzulegen?«

Und in der Tat, so war es: die Ärmste jedoch mußte dadurch großen Kummer leiden.

Übrigens waren bei uns derart schicksalvolle Umstände keine Seltenheit, und es hatte sich eine gewisse Praxis herausgearbeitet, wie man damit fertig werden könne, und das ging recht gut so.

Sobald Mutter Natur der Ärmsten auch nur ein wenig zu Hilfe gekommen war, ihre Schwäche zu bekämpfen, hüllte sie das Kind in Fetzen, stellte sich auf der Brücke auf und bat die Vorübergehenden:

»Helft, o guten Leute, ein ungetauft Kind in den getauften Glauben einzuführen.«

Diejenigen, die voll guten Willens waren, weigerten sich nicht: jeder gab seine Kopeke. Sobald hundert herzensgute Seelen vorbeigegangen waren und jeder seine Kopeke geopfert hatte, waren hundert Kopeken beieinander: diese bildeten einen Rubel, und das ungetaufte Kind wurde alsbald in den getauften Glauben einbezogen.

Und da die Welt in der Tat nicht ohne gute Menschen ist, glückte es manchem Mädel, daß es mit ihrem ungetauften Kindlein nicht mehr als drei, vier Tage auf der Brücke stehen mußte, am fünften hatte sie dann genug, um ein Kreuzlein zu kaufen und um den Täufer bezahlen zu können.

Der armen Palaschka jedoch fiel ein besonders hartes Los zu: sie durfte auf der Brücke nicht allein stehen, sondern im Verein von drei anderen Freundinnen, denen es ebenfalls gleichzeitig gelungen war, unter den gleichen Nenner zu fallen. Die armen Mädel bettelten alle miteinander um das gleiche, jene drei aber waren erfahrener als Palaschka: sie stellten sich immer so auf, daß Palaschka die letzte in der Reihe war. Der Passant steckte der einen, zuweilen auch der anderen etwas zu und schließlich auch der dritten, zur vierten aber, und das war sie, sagte man: »Gott wird geben.« Wie Sie wollen, drei gute Werke genügen schließlich zur Rettung der Seele, und mehr kann man von niemand verlangen: mithin schien es nicht angebracht, sich selber auf diese Weise zu übervorteilen.

Und so gelang es jeder der drei Freundinnen Palaschkas, je hundert gütiger Almosen zu sammeln, und sie trugen ihre Säuglinge voll Heiterkeit fort, um sie in den getauften Glauben einzuführen; die arme Palaschka aber stand bereits den achten Tag in der Kälte und weinte bitter. Und wie sollte sie nicht weinen, derweil sie doch nichts verdienen konnte und Schwäche, Hunger und Kälte ihrer nach und nach Herr wurden. Am allerärgsten aber war, daß sie sich um die Seele ihres Kindes sorgen mußte, derweil schon der letzte Tag vor dem Epiphaniasfest herangerückt war, und ein jedes Kind, das vor Heilig Drei König geboren war, unbedingt vor dem Epiphaniastage getauft sein mußte. Alldieweil es sonst ein »Unglückselig Kindlein« werden mußte, das seiner beneidenswerten Stellung im Himmel verlustig gehen müßte. Es handelte sich hierbei nicht um das irdische kurzfristige Leben, das für jeden Menschen von festen Erkenntnissen wenig haltbar scheint und von geringer Bedeutung, nein, es handelte sich hier um die gesamte Ewigkeit, denn wie kann man in dieser eine neugeborene Seele unterbringen?

Dies alles aber hing von den dortigen Verordnungen ab, welche für das ganze weitere Schicksal der menschlichen Seele nach ihrer Trennung vom Leibe von allergrößter Bedeutung sein mußten.

Wie hätte die Mutter eines Kindleins, das ungetauft in ihren Armen lag, so etwas ruhig hinnehmen können! . . .

Und darum weinte die arme Palaschka. Sie war ganz durchfroren und trocknete ihre Tränen mit den gleichen Fetzen, die jemand ihr zugeworfen hatte, um ihr ungetauft Kindlein darein zu hüllen. Und so sehr hatten Tränen und Leid Palaschkas Augen getrübt, daß sie bald nicht mehr jene Leute sehen oder unterscheiden konnte, an die sie sich mit ihren Bitten wandte. Wer immer auch kam, ein Christ oder ein Hebräer, sie bat einen jeden darum, ihr zu helfen, ihr Kindlein in den getauften Glauben einzubeziehen. Wenn ein Hebräer vorüberging, der sagte nichts dazu, der Christ aber sprach:

»Gott wird geben!«

Und genau auf solche Art stöhnte Palaschka einmal, nichts mehr vor sich erkennend: »Helft doch, ein Kindlein zum getauften Glauben zu führen«, wobei jemand zornig ausspuckte, von ihr beiseite sprang und statt der Worte »Gott wird helfen« sie nebst ihrem Kindlein zum Teufel schickte.

Da rieb sich Palaschka die Augen und sah, daß an ihr zwei Juden vorbeigingen, der eine in einem weiten Pelz aus grauem Eichhörnchenfell, während der neben ihm in einem abgeschabten Fuchspelz ging.

Palaschka erkannte, daß dies Salomon war, und da rief sie, weil sie ein Mädel von höflicher Gesinnung war, ihm nach:

»Entschuldigen Sie, Pan Salomon: ich habe Sie nicht erkannt, ich dachte, daß Sie kein Jude, sondern ein Getaufter seien.«

Salomon blieb stehen, sah sie an und sagte nur:

»Gans!«

»Das ist durchaus richtig, Pan, ich bin wirklich eine Gans.«

Salomon sah sie noch einmal an und bemerkte:

»Gut, daß du eine Gans bist.«

»Immerhin, Gott hat mich so geschaffen.«

»Aha, gut, gut! Und was hast du da, du Gans, vom Juden geschwatzt?«

»Ich hab nur gesagt, daß die Getauften ein Kopekchen spenden, um das Kindlein zum getauften Glauben zu führen, während die Juden für so etwas nichts geben.«

»Nichts geben? ... Hm! Ja ja, du bist zwar dumm, doch du weißt, was man wissen muß ... Nichts geben! Die Juden geben nichts, wenn sie nichts zu geben brauchen, wo sie dagegen geben müssen, da geben sie auch. Und da ist es jetzt mein Wille, dir mit einemmal einen ganzen Rubel zu geben, und mit dem kannst du dann hingehen und mit deinem Säugling anstellen, was du magst.«

»Ich werde ihn, Pan, zum getauften Glauben führen. Pan Salomon, für Ihren Karbowanez wird seine Seele gerettet werden.«

»Das ist mir völlig gleich, du Dirn, ist mir ganz egal! Führ ihn nur zu deinem Glauben, mir dagegen tut leid, daß ich jetzt keinen Karbowanez bei mir habe.«

»Das ist wirklich schade, Pan. So bleibt mir nichts anderes, als aufs neue das Kindlein nicht zum getauften Glauben führen zu dürfen.«

»Aber nein, warum denn? Wirst es führen! Ich habe keinen einzelnen Karbowanez bei mir, doch ich habe fünf Karbowanzen und ich will dir die ganzen fünf geben, du aber wechsle sie und nimm einen davon für dich und mach damit, was du willst, die vier restlichen Karbowanzen jedoch bringst du mir in mein Haus am Markt.«

»Schon gut, Panchen.«

»Wirst du sie mir zurückbringen?«

»Wie denn sonst, Pan? Wäre es denkbar, so was nicht zurückzubringen? Wo Sie mir doch eine derart gnädige Freundlichkeit erweisen und mir die ganzen fünf Karbowanzen anvertrauen, und da sollte ich das Wechselgeld etwa nicht zurückbringen? Bewahre mich Gott davor! Ich werde es Ihnen bringen.«

»Alsdann geh und mach, was nötig ist, mir aber bringst du die vier Rubel, und für den fünften wirst du eine Woche lang meine Wäsche waschen.«

»Werde Ihnen alles waschen, Pan.«

Da zog Salomon aus seiner Innentasche eine alte Brieftasche, holte daraus eine Fünfrubelnote hervor und gab diese Palaschka. Die verneigte sich vor ihm bis auf die Erde und lief sogleich, ihr Kindlein in den getauften Glauben einzuführen, Salomon aber holte seinen Gefährten im Fuchspelz ein und schritt weiter seinem Hause zu.

Hierauf kam es zwischen diesen zwei Personen zu einer unerwarteten, aber ziemlich kräftigen Auseinandersetzung: der alte Hebräer im Fuchspelz war über Salomon unwillig, weil dieser der Heidin Geld gegeben habe. Salomon jedoch entgegnete, das sei seine Sache und das gehe niemand etwas an.

Diese Antwort war unerlaubt grob, dieweil alles, was ein Hebräer tut, unbedingt alle seine Glaubensgenossen angeht, zum andern aber, weil die Person, der Salomon diese Antwort gab, ein in der Gesellschaft bedeutender Mann war – dies war Reb Leiser, der allerbelesenste Rabbiner, der den ganzen Talmud auswendig kannte und der allertreueste Bewahrer der Gebote des unverwüstlichen Hebräertums war. Dieser hatte das Recht, Salomon einen Vorwurf daraus zu machen, daß er der ›Heidin‹ Geld gegeben habe, das schließlich doch auch dem Hebräertum hätte Nutzen bringen können; Salomon dagegen fuhr in seinen Seltsamkeiten fort und sagte:

»Nein, Reb Leiser, mag dieses Geld lieber den Weg zu

ihnen finden, (das heißt zu den Christen); sie werden wenig Glück damit haben.«

»Wieso das?« rief der greise Rabbiner.

»Halt so ... Ich will dir jetzt nicht mehr darüber sagen, jedoch dies mußte man so machen, wie ich es getan habe. Ich bin ja kein Narr, Reb Leiser.«

»Und was wird diese Heidin damit beginnen?«

»Was sie damit tun wird? ... Sie wird ihr Kind taufen lassen und wird mir vier Rubel Wechselgeld bringen, für den fünften Rubel aber wird sie mir das Dreifache an Arbeit leisten.«

Der Rabbiner schlug mit der Hand an seine Stirne und schloß die Augen.

»Wie!« rief er laut: »Du, ein gläubiger und im Glauben fester Hebräer hast Geld dafür gegeben, daß man an einem Kinde diesen für uns kränkenden Brauch vollziehe ... O Salomon! Salomon!«

»Jawohl, ich bin Salomon!«

»O unglückseliger Salomon! Untergehen wird dein Name im Volke!«

»Nein, Reb Leiser, nicht wird er untergehen, er wird auferstehen.«

»In dir ist ein Dämon eingekehrt, oder du hast den Verstand verloren. Auf keinen Fall wünsche ich mehr mit dir bekannt zu sein; nicht wird mein Fuß jemals wieder über deine Schwelle treten, und ich werde es dahin bringen, daß du unter all den Deinigen verachtet und fremd sein wirst.«

Indes es schien wirklich so, als habe in der Tat ein Dämon Besitz von Salomon ergriffen: nicht schämte er sich über die Worte Reb Leisers, nein, er lachte ihm frech in die Augen und sagte:

»Sprich keine Dummheiten, Reb!«

»Nicht spreche ich Dummheiten, sondern du hast ein übles Werk getan und wirst dadurch von allen verachtet werden.«

»Nein und tausendmal nein!« erwiderte Salomon: »Ich mache keine Dummheiten, und nicht habe ich ein übles Werk verrichtet, im Gegenteil, ich habe ein gutes Werk getan! Jawohl, Reb Leiser, nicht werde ich dafür verachtet werden, im Gegenteil, geachtet werde ich werden von den Fremden und von meinen Leuten, dieweil dieses Papiergeld, das ich dem Mädel gegeben, *falsch* war ... Mir haben sie es dort gegeben ... bei jenen: gegeben haben sie es mir, als ich bei ihnen im Kartenspiel gewann, und nicht konnte ich es an meine Leute loswerden, um keinen von ihnen in Gefahr zu bringen, so aber habe ich es jenen durch dieses Mädel wieder zugespielt, die dumm ist und die mir das Wechselgeld bringen wird. Da schau, da kommt sie schon und bringt mir meine vier Silberrubel, für den fünften aber wird sie drei Wochen für mich arbeiten müssen ...«

Und in der Tat, Palaschka trat gleichzeitig vor Reb Salomon, gab ihm die vier Silberrubel und bedankte sich bei ihm mit großer Freude, dieweil in ihren Armen jetzt bereits das getaufte Kindlein lag.

»Hast du mich endlich verstanden?« fragte Salomon den Reb Leiser.

»O gut habe ich dich verstanden!« erwiderte Leiser.

»Und wirst du nun vielleicht allen sagen, daß Salomon unwürdig seines Namens war und ein übles Werk verrichtet hat?«

»Nein, Salomon, nein!« entgegnete der alte Leiser und drückte ihm fest die Hand: »Sagen werde ich jetzt allen, daß du würdig bist deines Namens, daß du in Wahrheit ein weiser und großer Mann bist und daß du ein sehr gutes Werk vollbracht hast, welches das Herz eines jeden erheitern wird, der davon hört.«

Und in der Tat, so war es auch: das Werk, das Salomon vollbracht hatte, erheiterte die Herzen aller, und in diesem Sinne muß man es wohl als ein gutes Werk ansehen, dieweil es allen Gutes und Freude brachte. Die Hebräer freuten sich, daß unter ihnen ein solcher Weiser wie Salomon war; die Christen wurden gerührt durch die Güte Salomons und lobten sein gutes Herz und sein Mitleid für die arme Palaschka. Palaschka hielt ihn nicht nur für ihren Wohltäter, sondern auch für den Wohltäter ihres Kindes, dessen Seele, dank Salomon, nunmehr die Hoffnung auf ewige Rettung zuteil geworden war; Salomon selber aber hatte schlechtes Geld in gutes gewechselt und erzielte dazu noch einen Sondergewinn, da die dankbare Palaschka für den Rubel nicht nur drei Wochen für ihn arbeitete, sondern den ganzen Winter hindurch. Also zählen Sie mal zusammen, wieviel prächtige Resultate hieraus erwuchsen! Und dabei ist ein wirklicher Wohltäter im wahren Sinne des Wortes hierbei nicht vorhanden, das muß man doch zugestehen. Die ›Fischsuppe‹ war anscheinend ›ohne Fisch gekocht‹, und doch war es eine *wirkliche Fischsuppe*, und dabei war der Verfasser, der dies hätte erzählen können, daran, wie ich hoffe, unschuldig, daß zu seiner Zeit dieses Gericht so angerichtet wurde.

Textnachweise

Die Erzählungen wurden mit freundlicher Genehmigung der genannten Verlage folgenden Ausgaben entnommen:

Der Gast beim Bauern, Das Perlenhalsband

aus: Nikolai Ljesskow: Der Gast beim Bauern. Weihnachtserzählungen. Deutsch von Otto Freiherr von Taube. Hrsg. von Carl H. Erkelenz. Recklinghausen: Paulus-Verlag, 1950. S. 9–24, 49–74.

Die Tagediebe, Das Tier, Der Heckrubel, Ein kleiner Fehler, Fischsuppe ohne Fisch

aus: Nikolai Lesskow: Gesammelte Werke. Übers. und hrsg. von Johannes von Guenther. München: Biederstein, 1964. Bd. 3, S. 855–870. Bd. 2, S. 753–778, 731–742, 743–752. Bd. 3, S. 145–159.

Anmerkungen

Der Gast beim Bauern

5,10 f. *als in Rußland noch die Leibeigenschaft herrschte:* Die Leibeigenschaft wurde in Rußland mit dem Gesetz vom 19. 2. 1861 abgeschafft.

6,7 *Kaufleute erster Gilde:* Mit einem Dekret von 1721 hatte Peter der Große die Handel- und Gewerbetreibenden seines Landes in zwei Gilden zusammengefaßt. Zur ersten gehörten Bankiers, Großkaufleute, Ärzte, Apotheker, Reeder, Gold- und Silberschmiede sowie Ikonen- und sonstige Maler. Die zweite bestand aus Kleinhändlern und Handwerkern wie Tischlern, Schneidern, Schustern. Sie wählten Vorstände, mit denen die Behörden wirtschaftsrelevante Fragen zu besprechen hatten. Unter Katharina II. (1775) wurde die von Elisabeth 1742 vorgenommene Einteilung in drei Gilden auf das zur Versteuerung angegebene Geschäftskapital gegründet: Erste Gilde: über 10 000 Rubel; zweite Gilde: 1000 bis 10 000 Rubel; dritte Gilde: 500–1000 Rubel. Die Kapitalsteuer betrug 1 Prozent. Unter Alexander I. (1807) änderte man die Kapitalquoten: Erste Gilde: über 50 000 Rubel; zweite Gilde über 20 000 Rubel; dritte Gilde über 8000 Rubel. Erst 1865 – d. h. nach der Handlungszeit der Erzählung – erfolgte eine Neuregelung.

15,22 *Bekenner des estnischen Glaubens:* Gemeint sind die Protestanten.

15,27 *Kwas:* bierähnliches, alkoholarmes Getränk aus gesäuertem Schwarzbrotteig oder Schwarzbrot mit Malz.

17,10 *Nikodemusgespräches:* Der jüdische Schriftgelehrte Nikodemus traf nach Joh. 3 zu einem vertraulichen theologischen Gespräch mit Jesus zusammen.

Die Tagediebe

27,22 *Soldatenfrau:* Bis zum Jahre 1874 (Einführung der allgemeinen Wehrpflicht) hatte Rußlands Heer den Charakter einer Berufsarmee. Die Dienstzeit für Soldaten betrug 25 Jahre. Da die Bereitschaft der Bauern zu dienen nicht groß war, wurden die Rekruten nach Bedarf ausgehoben, d.h. in der Regel (falls nicht der zuständige Gutsherr die Gelegenheit nutzte, einen unliebsamen Leibeigenen dadurch loszuwerden, daß er ihn für die Armee abstellte) in den Dörfern ausgelost. Traf es einen Verheirateten, so sank seine allein zurückbleibende Frau häufig zur Dorfhure mit entsprechend schlechtem Ruf herab.

Das Tier

38,3 *Vater Seraphimus:* Der Mönch Prochor Sidorow Moschnin (Mönchsname: Seraphim) aus Kursk (1759–1833), der in der Einsiedelei von Sarow lebte, hielt das Leben in Christus für wichtiger denn fromme Übungen. Wegen seiner Frömmigkeit genoß er großen Respekt im Volke. Man suchte gerne mit ihm das geistliche Gespräch. Sein Leben beschreibt die *Erzählung über das Leben und die Taten in der heiligen Erinnerung an Seraphim*, Moskau 1831. Er wurde 1903 heiliggesprochen.

38,18 *Jelez:* altertümliche Kreisstadt an der Sosna im Gouverment Orjol, Leskows Heimat.

44,12 *Sganarel:* von Molière geschaffene Possengestalt (*Sganarelle oder der vermeintliche Hahnrei*, 1600).

45,4 f. *Kuchenreuther:* Die Brüder Johann-Andreas und Christoph Kuchenreuther waren namhafte Büchsenmacher in Regensburg (Anfang des 18. Jahrhunderts).

49,12 *der im zwölfer Jahr gefangenen Franzosen:* Nicht wenige Angehörige der Großen Armee Napoleons blieben 1812/13 nach dem Ende des Vaterländischen Krieges in Rußland – häufig im Gesinde von Gutsbesitzern als hochwillkommene Sprachlehrer für die Kinder.

52,21 *schwedische Strabusen:* Peter Strabus war ein schwedischer Waffenschmied (Ende des 18. Jahrhunderts).

52,21 f. *deutsche Morgenrote:* Hans Morgenrot war Waffenschmied in Nürnberg (17. Jahrhundert).

52,22 *englische Mortimers:* G. W. Mortimer war Waffenschmied in London (Ende des 18. Jahrhunderts).

52,22 f. *polnische Colets:* Wahrscheinlich ist Klett gemeint, eine deutsche Waffenschmiedfamilie (16. – 18. Jahrhundert).

65,5 f. *Paul des Ersten:* russischer Zar (1796–1801), Sohn Katharinas II.

Der Heckrubel

71,28 *Orjol:* mittelrussische Gouvernementshauptstadt an der Mündung des Orlik in die Oka. Leskow hatte hier das Gymnasium besucht und war Schreiber am Kriminalgericht gewesen.
Kromy: Kleinstadt in Gouvernement Orjol.

Ein kleiner Fehler

85,7 *Deismus:* religiöse Anschauung, die Gott als Ursprung des Seins begreift, aber weder eine göttliche Offenbarung noch ein Eingreifen Gottes in den Gang der Welt akzeptiert. Sein Hauptvertreter war Voltaire.

85,22 f. *Wundertäter Iwan Jakowlewitsch:* Iwan Jakowlewitsch Koreischa (1780–1861), ein Verrückter, der mehr als vierzig Jahre in einem Moskauer psychiatrischen Krankenhaus zubrachte. Durch sein sinnloses Gelalle erwarb er den Ruf eines ›Propheten‹, was zur Folge hatte, daß er beständig von Leuten umgeben war, die danach lechzten, ›Vorhersagen‹ zu vernehmen. [Anmerkung des Übersetzers.]

86,15 *Kurganows »Geschichtenschatz«:* Nikolaj G. Kurganow (1725 ? bis 1796), Aufklärer, Publizist, Lehrer für Mathematik und Navigationskunde an der Marineakademie in Petersburg, verfaßte neben einer Reihe von Lehrbüchern einen »Geschichtenschatz« (*Pismownik*, 1769), der zehn Auflagen erlebte und eines der am weitesten verbreiteten Bücher des 18. Jahrhunderts in Rußland wurde. Es enthielt über dreihundert »nützliche und erbauliche Sachen«, meist übersetzte und dabei häufig an russische Verhältnisse adaptierte Texte (katholische Geistliche wurden zu Popen) – Geschichten, Anekdoten, Schwänke, Fabeln. Die Sammlung war von großer künstlerischer Bedeutung als Stoffquelle, was u. a. auch von Puschkin anerkannt wurde.

88,8 f. *Gaukler von der Pressnja:* Im Moskauer Stadtbezirk Pressnja (benannt nach einem gleichnamigen Flüßchen, das seit 1908 unterirdisch verläuft) befand sich seit dem 17. Jahrhundert die auch als Vergnügungspark dienende Menagerie der Zaren (Zarskij swerinez); heute der Zoo.

88,21 *Haupt Johannes des Täufers:* Der lüsterne König Herodes Antipas stellte seiner Tochter Salome als Lohn für einen Tanz vor ihm die Erfüllung eines beliebigen Wunsches in Aussicht. Auf

Anraten ihrer Mutter Herodias forderte sie den Kopf des eingekerkerten Johannes des Täufers. (Die Königin wollte sich an dem Propheten dafür rächen, daß er sie wegen ihrer zweiten, sittenwidrigen Ehe mit Herodes, dem Bruder ihres ersten Mannes Philippus, kritisiert hatte.) Johannes wurde im Kerker getötet, sein Haupt der Salome auf einer Schale dargebracht (vgl. Markus 6,14–29).

Das Perlenhalsband

97,6 f. *Pissemskij:* Gemeint ist der kritisch-realistische Schriftsteller Alexej F. Pissemskij (1820–81).

97,17 *Tarantas:* vierrädriger, ungefederter Reisewagen, bestehend aus einem geräumigen Flechtkorb auf einem Stangengestell, mit oder ohne Verdeck.

105,8 *Worten des ... Dichters Alexej Tolstoj:* Zitat aus dem satirischen Gedicht *Popows Traum* von Alexej K. Tolstoj (1817–75).

108,18 *Themis:* antike Göttin der Gerechtigkeit.

113,2 *Fürstin Jussupow:* Die Fürstin Tatjana W. Jussupowa (1769 bis 1841) besaß eine besonders reichhaltige Schmucksammlung. Sie soll einmal für 200 000 Rubel eine Perle gekauft haben, die einst Philipp II. von Spanien (1556–98) gehört hatte.
Gorgubus: Der spanische König Philipp IV. (1621–65) erwarb beim Kaufmann Gorgubus eine aus Indien stammende Perle von 126 Karat Gewicht.

113,18 *d'eau douce:* (frz.) aus Süßwasser.

114,1 *Epiphanias:* Fest der Erscheinung des Herrn: 6. Januar.

116,21 *Bourguignon:* französische Schmuckfirma im 19. Jahrhundert.

119,20 f. *Aus dem Blute Ruriks und dem Blute Gedimins:* Rurik und Gedimin sind die Stammväter des ältesten russischen bzw. litauischen Herrschergeschlechts.

Fischsuppe ohne Fisch

123,11 *Rostow:* Gemeint ist die Stadt Rostow im Gebiet Jaroslawl, im Nordosten Rußlands.

123,12 f. *Waräger-Rußland:* doppelsinniges Spiel mit dem Wort »Waräger«. Waräger nennt die Nestorchronik, das älteste Dokument russischer Annalistik, die (schwedischen) Normannen, die Ende des 9. Jahrhunderts den ersten Staat der Ostslawen, die ›Rus‹

mit der Hauptstadt Kiew, gegründet hatten. Laut Nestor sind sie ins Land gerufen worden: »Unser Land ist groß und reich, doch es ist keine Ordnung in ihm; so kommt über uns herrschen und gebieten.« Schon lange vor dieser Zeit benutzten die Nordländer die Wasserstraßen durch das Ostslawengebiet, so namentlich den Dnjepr, die »Straße von den Warägern zu den Griechen«, für ihre Handelsunternehmungen. Waräger dienten ostslawischen Fürsten aber auch als Söldner. Andererseits bezeichnete man im 19. Jahrhundert in Rußland ambulante Hausierer, Krämer und Aufkäufer spöttisch als Waräger, und »warägern« bedeutete Handel treiben.

128,1 *Kahal:* Judengemeinde.

128,3 *ad majoram Dei gloriam:* (lat.) zum höheren Ruhme Gottes.

128,25 *Karbowanez:* vulgärsprachliche Bezeichnung für den Silberrubel.

Nachwort

Als Nikolaj Semjonowitsch Leskow (1831–95) sich der Gattung der Weihnachtserzählung zuwandte, konnte er bereits auf eine lange und erfolgreiche Schriftstellerlaufbahn zurückblicken. Seinen literarischen Erfolg verdankte er neben einem ungewöhnlich reichen Schatz an persönlicher Erfahrung, die er mit Geschick für sein Werk auszunutzen verstand, vor allem einem begnadeten Erzähltalent, das ihn zu einem der originellsten »Meister des russischen Wortes« (Gorkij) machte.

Schreiber an einem Gericht war er gewesen, Gasthörer an der Universität Kiew, wo er sich für Medizin, Landwirtschaft und Statistik interessierte, als philosophischer Autodidakt hatte er Ludwig Feuerbach, Ludwig Börne, David Friedrich Strauß studiert, und im Auftrag einer englischen Handelsfirma hatte er Rußland jahrelang kreuz und quer durchreist, wobei er eine Kenntnis des Landes erlangte, wie sie keiner seiner großen Kollegen und Zeitgenossen, Turgenjew, Leo Tolstoj oder Dostojewskij, besaß.

Ab 1860 arbeitete er als Journalist in Petersburg und legte ein politisches Engagement an den Tag, das ihm unter den Zunftkollegen bald mehr Feinde als Freunde schuf: Durchaus nicht unkritisch gegenüber gesellschaftlichen Mißständen, die er im Rahmen des Zulässigen auch offen ansprach, mochte er doch dem modischen Linkstrend nicht folgen, wobei er sich zu Recht auf seine praktischen Erfahrungen und seine Kenntnis von Land und Leuten berief – während seine Gegner die utopischen Wunschvorstellungen von einer nahe bevorstehenden Revolution und dem baldigen Ende der Zarenherrschaft nicht aufgeben wollten. Je entschiedener Leskow derartige Erwartungen ins Reich der Träume verwies, um so heftiger wurden die Anfeindungen gegen ihn – bis er sich schließlich genötigt sah, für ein halbes Jahr als Korrespondent außer Landes zu gehen, nach Paris (1862/63).

Zurückgekehrt publizierte er eine Reihe von Romanen – *Ohne Ausweg* (1864), *Die Übergangenen* (1865), *Die Inselbewohner* (1866) und *Bis aufs Messer* (1870/71) –, in welchen er nicht nur den weltfremden Illusionismus der revolutionär-demokratischen Aktivisten anprangerte, sondern auch ohne allen Respekt enthüllte, daß viele der sogenannten »Nihilisten« – wie Turgenjew ihresgleichen in seinem Roman *Väter und Söhne* (1862) genannt hatte – nichts anderes waren als zynische, schwadronierende Opportunisten, denen das vielberufene Wohl des Volkes im Grunde völlig gleichgültig war. Daß von diesen Büchern keine breitere und dauerhaftere Wirkung ausging, lag zum einen daran, daß Leskow gegen den modischen Trend schrieb, aber sicher auch an der Tatsache, daß die Langform der Prosa, der Roman, dem Schriftsteller nicht besonders lag.

Im Jahre 1874 trat er als Mitglied der »Besonderen Abteilung des wissenschaftlichen Komitees zur Begutachtung von Büchern, die als Volkslektüre veröffentlicht werden« in den Dienst des Ministeriums für Volksbildung, d. h., er übte die keineswegs populäre Funktion eines Zensors aus. Im Jahre 1877 kam eine zweite amtliche Stellung hinzu – im Ministerium für Staatsdomänen. Seine Erfahrungen im Dienste des Zaren waren nicht die besten, und Leskow nahm – alles andere als obrigkeitshörig – bei seiner Kritik an der Bürokratie auch kein Blatt vor den Mund. Spannungen gab es zudem mit der Leitung seines wichtigsten Publikationsorgans, dem konservativen *Russischen Boten* – und zwar wegen bestimmter kirchen- und dogmenkritischer Passagen in seinen Texten. Und als er dann auch noch die Dreistigkeit besaß, den Klerus in bissigen Satiren direkt anzugehen, war für ihn im Staatsdienst kein Platz mehr. Man entließ ihn (1880).

Das folgende Jahrzehnt steht im Zeichen einer engen Verbundenheit mit Leo Tolstoj (1828–1910). Er arbeitete an Tolstojs Verlagsunternehmen »Posrednik« (Der Mittler) mit, dessen Programm, die Volksmassen preiswert mit guter Literatur bekannt zu machen, ganz seinen eigenen Intentionen entsprach. Auch mit Tolstojs Gesellschaftskritik stimmte er weitgehend überein – und wie sein großes Vorbild machte ihn diese Haltung für die Konservativen zunehmend unakzeptabel, weshalb er in seinen letzten Jahren fast ausschließlich in liberal-kritischen Presseorganen publizierte. Eigensinnig und unabhängig im Denken blieb er bis zum Schluß.

Leskow, dieser »erstaunliche Fabulierer« (Thomas Mann), ist der unübertroffene Geschichtenerzähler der russischen Literatur. Aus einem schier unerschöpflich scheinenden Schatz an Erlebnissen und Begegnungen mit interessanten Menschen läßt er die eigenartigsten Schicksale lebendig werden. Seine Helden kommen aus allen Schichten und Berufen: reiche Kaufleute können es sein oder arme Offiziere, Bäuerinnen und demütige Pilger, traditionsbewußte Aristokraten und volksnah-einfache Landpriester. Die Lebensweise und das Denken eines jeden Standes kennt Leskow genau – aus eigener liebevoller, aber nicht unkritischer Beobachtung, und er weiß spannend und anschaulich zu erzählen. In ihrer Gesamtheit bilden seine Geschichten ein farbenreiches und bewegtes Panorama des russischen Lebens mit all seinen Widersprüchen, Konflikten und Geheimnissen, seinen Freuden und Leiden und dem stillen Heroismus so manches ganz unauffälligen Menschen.

Seine ersten Erzählungen hatte er als Journalist in Petersburg in den sechziger Jahren geschrieben – darunter die berühmte *Lady Macbeth des Landkreises Mzensk* (1865), die Dmitrij Schostakowitsch zur Textvorlage seiner bekanntesten Oper wählte (*Katerina Ismailowa*, 1934), welche ihm in seiner Heimat so viel bedrohliche Anfeindungen und in der Welt so viel Ruhm eintrug.

Nach der Abrechnung mit den Nihilisten unternahm Leskow mit dem Roman *Die Klerisei* (1872) einen ersten Versuch, seinen Lesern russische Menschen zu präsentieren, die in ihrem pragmatisch-undogmatischen Christentum bessere

Vorbilder abgaben als die revolutionären Verneiner alles dessen, was den Russen lieb und teuer war: Der Erzpriester Tuberosow ist ein Muster an Güte, Wahrheitsliebe und Selbstlosigkeit; sein Diakon Achilla, eine kosakische Kraftnatur, verteidigt mannhaft die Grundwerte seiner Kirche – freilich auf so wenig würdig-priesterliche Art, daß Leskow für seine Schöpfung manchen Tadel seitens der Geistlichkeit einstecken mußte.

Bereits 1873 aber begann Leskow sich bei der Suche nach vorbildhaften Gestalten vom Kirchenmilieu abzuwenden. Ähnlich Tolstoj eine Veränderung der Dinge zum Besseren auf dem Wege der sittlichen Erneuerung der Menschen, nicht dem der Revolution erhoffend, begann er überall nach Ansätzen eines solchen Wandels zu suchen, d. h. nach vorbildhaft lebenden Menschen, besonders beim einfachen Volk. Das Ergebnis dieser Suche sind seine »Gerechten«: etwa der pflichtbewußte Hausverwalter Pawlin, der seinen eigenen Tod fingiert, um seiner jungen Frau das Lebensglück mit einem anderen zu ermöglichen (*Pawlin*, 1874); der kleine Beamte, der plötzlich eine ganz und gar berufsuntypische Initiative entwickelt und einem unschuldig zum Tode Verurteilten zur Gerechtigkeit verhilft (*Der Pygmäe*, 1879); oder die Erzieher der Kadettenanstalt in Petersburg, die ihre persönlichen Interessen zurückstellen, um ihren Zöglingen zu helfen (*Das Kadettenkloster*, 1880); der brave Soldat, der trotz strengen Verbots seinen Posten verläßt, um einen Ertrinkenden zu retten (*Der Wachtposten*, 1887); ein Offizier, der es vorzieht, den Dienst zu quittieren, statt sich an einem Soldaten zu rächen, der ihn in betrunkenem Zustand beleidigt hat (*Figura*, 1889); und in *Der unsterbliche Golowan* (1880) ein ehemaliger Leibeigener, der sich für die Bauern aufopfert, indem er während einer Pestepidemie unter Einsatz seines Lebens den Kranken Hilfe bringt.

Leskow glaubte an die Macht des guten Beispiels, an die Möglichkeit, den vielfältigen sozialen Übeln und menschlichen Defiziten durch Selbstlosigkeit, praktische Menschenliebe und mit guten Taten zu Leibe zu rücken. Wobei den Wert eines Menschen in seinen Augen nicht die gesellschaftliche Stellung bestimmte, sondern seine sittliche Qualität, die Bewährung im Handeln.

Unter diesem Aspekt sind auch seine Legendenbearbeitungen zu sehen, die sich auf alte Sammlungen von Heiligenleben stützen. Nicht die religiöse Aussage interessiert Leskow dabei in erster Linie, sondern – wie auch sonst fast immer – die ansprechenden, zum Nacherzählen verlockenden und malerisch-fremdartigen Lebensumstände, vor allem aber wieder die Vorbildwirkung persönlichen Verhaltens. Für freundschaftliche Hilfe, gegenseitiges Vertrauen über die Grenzen der eigenen Glaubensgemeinschaft hinweg und für Toleranz tritt er mit der *Erzählung vom Christen Theodor und seinem jüdischen Freund Abraham* (1886) ein. *Der Gaukler Pamphalon* (1887) vergißt über der aufopferungsvollen Hilfe für andere gar das eigene Seelenheil und erweist sich am Ende als gottwohlgefälliger denn der Säulenheilige Jermij. *Die schöne Asa* (1888) bringt die eigene materielle Existenz der Errettung von schlimmer Not heimgesuchter Menschen zum Opfer, und die Heldin der Geschichte vom *Bösewicht von Askalon* (1889) ist durch nichts, auch nicht durch die ›vernünftigen‹ Ratschläge eines ›wohlmeinenden‹ Christen, von der Treue zu ihrem verfolgten Mann abzubringen.

In jene Zeit, da Leskow unter dem Einfluß Leo Tolstojs steht und er in dichter Folge »Gerechte« vorstellt, fallen auch seine (insgesamt 14) Weihnachtserzählungen, die zunächst – alle 1880 – in Zeitschriften erschienen und 1886 in einem Sammelband dieses Titels zusammengefaßt wurden.

Die Gattung Weihnachtsgeschichte ist nicht durch streng verpflichtende Merkmale gekennzeichnet. Allerdings soll die Grundidee vom Fest des Friedens einen Einfluß auf den Verlauf der Geschichte haben, etwa indem die weihnachtliche Atmosphäre auf die Stimmung der Zentralfigur in besonderer Weise einwirkt. Und im Idealfalle enthält sie eine Schlußpointe, die dem Leser/Zuhörer möglichst eindrucksvoll das Liebes- und Friedensgebot nahebringt, das die zentrale Idee der Botschaft Christi darstellt. Wird eine solche Wirkung angestrebt, so ist es kompositorisch zweckmäßig, zunächst eine starke moralisch negative Position aufzubauen, die am Ende – etwa unter der Wirkung von Gottes Wort, Gottes Eingreifen oder dem gottgefälligen Handeln einer positiven Figur – in sich zusammenfällt und zur völligen und dauerhaften moralischen Umkehr des Irrenden und Fehlenden führt.

Ist darüber hinaus das moralische Defizit des Helden von der Art, daß sich bei so manchem Leser das eigene Gewissen selbstkritisch zu regen beginnt, kann sich der Verfasser des Effekts seines Textes genauso sicher sein wie in dem Fall, daß der Leser im Wohlgefühl seiner eigenen Vortrefflichkeit das Schicksal des zu Recht Bestraften verfolgt. Dieses künstlerisch-moralische Schema fand Leskow beim Meister der englischen Weihnachtsgeschichte, bei Charles Dickens (1812 bis 1870), vorgebildet. Der Engländer hatte seit den vierziger Jahren Geschichten dieses Genres erscheinen lassen und sie dann 1871 und 1874 in zwei (immer wieder neuaufgelegten) Bänden zusammengefaßt. Sie waren natürlich auch in Rußland bekannt, besonders das *Christmas Carol* von 1843, mit der Gestalt des geizig-bösen Geschäftsmanns Scrooge, den drei Geister im Traum heimsuchen, die schließlich seine Wandlung zum gütigen Menschen bewirken. Gerade dieses Musterbeispiel macht aber auch den Unterschied der beiden Autoren deutlich: Im Gegensatz zu Dickens verzichtet Leskow nämlich auf märchenhafte Elemente, auch ist er stärker um eine realistische Begründung für das Figurenverhalten bemüht, wirkt er als Psychologe meist überzeugender.

Die Geschichte vom Gast beim Bauern gründet auf dem bekannten Christuswort »Was ihr getan habt einem unter diesen meinen geringsten Brüdern, das habt ihr mir getan« (Matth. 25,40). Dieser Geringste ist aber hier nicht irgendein Bettler, für dessen Los man lediglich anläßlich des hohen

Festtags pflichtschuldig Mitleid aufbringt und ihn etwa beköstigt. Es handelt sich vielmehr um jenen bösen Onkel, dem Timofej seinen tiefen Sturz und die Demütigung anlastet, über die er lange Jahre so wenig hinwegkommt, daß er sich – obwohl ein gläubiger Mensch – von dem alttestamentarischen »Auge um Auge . . .« nicht freizumachen vermag. Erzähltechnisch vorbereitet wird seine Wandlung durch die Wiederaufnahme lange versäumter Bibellektüre. Sie bewirkt, daß sich ihm unversehens ein neues Christusbild aufdrängt: das des Leidenden, Verfolgten. Die auf diese Weise von Leskow eingeleitete innere Umkehr ist freilich anfangs noch an eine ›Bedingung‹ geknüpft – die den Erzähler, seinen Freund, bedenklich stimmt –, daß nämlich Christus höchstpersönlich bei ihm zum Essen erscheint. Aber der Himmel akzeptiert keine Bedingung, noch dazu eine fast blasphemische. Vielmehr lenkt er die Dinge nicht nur nach seinem Wohlgefallen, sondern er hält auch eine Lösung bereit, die eine Belehrung einschließt, welche Timofej – als letzten Schritt seiner Bekehrung – gläubig annimmt: Es gilt, nicht irgendeinen Armen zu speisen, sondern dem schlimmsten Feind mitleidsvoll zu verzeihen. In einem einzigen Augenblick vollendet sich die Wende, die einhergeht mit der Aufhebung aller seelischen Spannung. Timofej nimmt den Onkel bei sich auf.

In der Erzählung *Die Tagediebe* macht Leskow nicht die Rachsucht zum auslösenden Moment der Handlung, sondern die Selbstgefälligkeit, die eine ohnehin schwach entwikkelte Nächstenliebe unter dem Druck der Not schließlich dahinschwinden und die Mildtätigkeit völlig versiegen läßt – trotz der Mahnung des lebenserfahrenen Fedos Iwanow. Und sie versagt endgültig just zu Weihnachten, dem Fest der Liebe. Bei der Enkelin erreicht die Verhärtung gar einen solchen Grad, daß sie außerstande ist, die Mahnung zu erkennen, die Gott ihr in Gestalt des fremden Kindes schickt. Und so stürzt sie durch ihr moralisches Versagen das ganze Dorf ins Verderben.

Diese Erzählung steht für ein weiteres Gestaltungsschema. Es kommt nicht zur beglückend-entspannenden Wende; vielmehr steht am Schluß eine Katastrophe. Sie zielt auf die Einsicht des Lesers. Mit der vom alten Fedos verkündeten Moral, man möge stets auf mögliche Fingerzeige Gottes achten, also stets bereit sein, eine Botschaft zu empfangen, weist sie aus dem künstlerischen Bereich in den Lebensalltag hinaus.

In der autobiographisch fundierten Erzählung *Das Tier* präsentiert Leskow in dem unbarmherzigen Onkel einen Bösewicht à la Dickens. Und daß der Schriftsteller die Bärenhinrichtung ausgerechnet als Hauptprogrammpunkt am Weihnachtsfest stattfinden läßt, ist dazu angetan, des Lesers Abneigung gegen die harte Unmenschlichkeit des Gutstyrannen noch zu steigern. Um so stärker wirkt dann die Umkehr, wenn sie auch ein wenig zu glatt vonstatten geht. Doch gar so schwach motiviert, wie man Leskow gelegentlich vorwirft, ist die moralische Wandlung beim Onkel freilich nicht; geht ihr doch das eindrucksvolle gemeinsame Gebet der ganzen Festgemeinde (einschließlich des ganz selbstverständlich integrierten Gesindes) voran. Und so kann dann die Predigt bei dem – durch seine Verletzung bedrückten und mißmutigen – Hausherrn doch (dank wunderbarer himmlischer Fügung) die überraschende Wende auslösen – die zudem eine völlige Wandlung der Lebenshaltung bewirkt.

Die Geschichte vom Heckrubel gewinnt ihren Reiz nicht zuletzt daraus, daß sie im Rückblick auf die frühe Jugend – unter Verwendung der kindlichen Perspektive eines Achtjährigen – erzählt wird, dabei freilich der kritisch kontrollierenden Sicht des längst Erwachsenen unterworfen bleibt. Es entsteht also eine Doppelperspektive, die in der Literatur vielfach erfolgreich und wirkungsvoll verwendet worden ist. Sie soll den kindlichen wie den erwachsenen Leser gleichermaßen ansprechen. Den ersteren vor allem mit der Mahnung, Geld nicht unnütz zu vertun und nicht selbstsüchtig zu sein, sondern hilfsbereit; auch nicht der Eitelkeit zu frönen und dem Wunsch, besser zu sein als andere. Für die zunächst ganz der Märchenfabel vom Heckrubel im wörtlichen Sinne folgende Erzählung hat Leskow eine besonders hübsche moralische Schlußlösung gefunden, indem die Großmutter den Heckrubel als Talent des Menschen deutet, das es vernünftig und im Dienste an der Gemeinschaft einzusetzen gelte, als – »Kraft, die der Wahrheit und Tugend zum Nutzen der Menschheit zu helfen hat« (S. 82). Dem Nächsten zu helfen vermindert dann den eigenen ›Reichtum‹ nicht, sondern mehrt ihn.

In der Geschichte vom kleinen Fehler ist der Bezug zu Weihnachten lediglich in der Erzählsituation gegeben. Im Grunde handelt es sich um die humorige Verspottung doppelgleisigen Denkens, wie es nur allzu menschlich ist: Der Glaube an die Prophezeiungen und die übernatürlichen Kräfte eines ›Narren in Christo‹ überlagert zunächst den auf allgemeine praktische Lebenserfahrung sich gründenden gesunden Menschenverstand. Die Kraft der Fakten bewirkt freilich, daß letzterer sich am Ende sieghaft durchsetzt. Ein Beitrag zur Aufklärung also wird hier geleistet. Die in der Erzählung zum Ausdruck kommende Einstellung entspricht im übrigen ganz Leskows pragmatisch-humanem Christentum, das schon bei seinen Gerechten (im Gegensatz zu dem ›wahren Gerechten‹ hier) als Hören auf die innere Stimme, tatkräftige Nächstenliebe, Hilfe in Not und Gefahr so sympathisch seinen Ausdruck gefunden hatte.

Vergleichsweise einfach und auf den ersten Blick keineswegs religiös ist die Botschaft, die *Das Perlenhalsband* vermittelt: In Liebesdingen entscheide das Herz! Allerdings hat Leskow der Fabel dadurch größere Komplexität verliehen, daß er noch eine weitere moralische Regel einbaut, die da lauten könnte: Du sollst nicht leichtfertig und voreilig über einen Menschen urteilen! Denn der am Anfang aus der Sicht des Erzählers etwas dubios erscheinende Geschäftsmann erweist sich als keineswegs so skrupellos: Seine beiden ersten

Schwiegersöhne hat er nicht so sehr übervorteilt als vielmehr für ihre Geldgier bestraft; und er ist darüber hinaus bereit zu verzeihen. Zudem wird der gutmütig-vertrauensvolle Bräutigam – den Befürchtungen seines skeptischen Bruders zum Trotz – nicht geschädigt, wie bittere Lebenserfahrung wohl erwarten ließe, sondern mit einer offenbar glücklichen Wahl belohnt.

Die Gegenüberstellung von ›echt‹ und ›unecht‹ ist auch das Grundmotiv in der Erzählung *Fischsuppe ohne Fisch*. Um möglichen Mißdeutungen zu begegnen, sei darauf hingewiesen, daß sich die leise Ironie in der Diktion des vorgeschobenen Erzählers gleichermaßen gegen Christen und »Hebräer« richtet. Einen unterschwelligen Antisemitismus zu vermuten wäre somit unberechtigt, zumal gerade Leskow den Juden in Rußland und ihrer Geschichte wohlwollendes Interesse entgegenbrachte – was jüdische Kreise nach den Pogromen von 1881 und 1882 bewog, den Schriftsteller um ein Memorandum zu bitten, das zur Toleranz aufriefe. Leskow nahm den Auftrag an (*Der Jude in Rußland. Einige Bemerkungen zur jüdischen Frage*, 1883).

Sehen wir die Erzählungen unserer Sammlung im Kontext von Leskows Gesamtwerk, so zeigt sich, daß sie keine Sonderstellung einnehmen: die ethischen Werte, die er hier postuliert – Toleranz, Achtung vor der Würde des Menschen, Gerechtigkeit, Güte, Bereitschaft zum Verzeihen und eine vorurteilsfreie christliche Nächstenliebe –, sind die konstanten Kennzeichen seines Schaffens, von den journalistischen Anfängen bis in seine letzte Lebensphase.

Eberhard Reißner